Johann Wolfgang Goethe, geboren am 28. August 1749 in Frankfurt am Main, ist am 22. März 1832 in Weimar gestorben.

»Die Liebe gibt mir alles, und wo die nicht ist, dresch' ich Stroh«, schreibt Goethe am 22. Juli 1776 an Charlotte von Stein.

In *Dichtung und Wahrheit* berichtet er von seinen frühen Liebeserfahrungen, mit Käthchen Schönkopf, Friederike Brion, Lili Schönemann und anderen. In Frankfurt, Leipzig, Straßburg und Wetzlar, in Weimar, Rom und Marienbad begegnete er jenen Frauen, die sein Leben prägten.

Als Motiv und Thema durchzieht die Liebe Goethes gesamtes Werk, die Lyrik ebenso wie die dichterische und die autobiographische Prosa.

Der vorliegende Band versammelt einige der schönsten Liebesgeschichten Goethes, bekannte und weniger bekannte, Geschichten, die von Sehnsucht, Hoffnung und Erfüllung sprechen, vom Glück der Liebe, aber auch von dem Leid, das sie verursachen kann. »Es ist doch gewiß, daß in der Welt den Menschen nichts notwendig macht als die Liebe«, heißt es in den *Leiden des jungen Werthers*, dem Liebesroman einer ganzen Epoche.

insel taschenbuch 2892
Johann Wolfgang Goethe
Liebesgeschichten

Johann Wolfgang Goethe
Liebesgeschichten

Ausgewählt von Hans-Joachim Simm

Insel Verlag

Umschlagabbildung: François Boucher,
Die vier Jahreszeiten: Frühling, 1755. Ausschnitt
The Frick Collection, New York

insel taschenbuch 2892
Erste Auflage 2003
© Insel Verlag Frankfurt am Main und Leipzig
Hinweise zu dieser Ausgabe am Schluß des Bandes
Vertrieb durch den Suhrkamp Taschenbuch Verlag
Umschlag: Michael Hagemann
Satz: Hümmer GmbH, Waldbüttelbrunn
Druck: Memminger MedienCentrum AG
Printed in Germany
ISBN 3-458-34592-2

1 2 3 4 5 6 – 08 07 06 05 04 03

Inhalt

»In diesem Augenblick trat sie wirklich in die Türe«

Friederike in Sesenheim

Mein Tischgenosse Weyland, der sein stilles fleißiges Leben dadurch erheiterte, daß er, aus dem Elsaß gebürtig, bei Freunden und Verwandten in der Gegend von Zeit zu Zeit einsprach, leistete mir auf meinen kleinen Exkursionen manchen Dienst, indem er mich in verschiedenen Ortschaften und Familien teils persönlich, teils durch Empfehlungen einführte. Dieser hatte mir öfters von einem Landgeistlichen gesprochen, der nahe bei Drusenheim, sechs Stunden von Straßburg, im Besitz einer guten Pfarre mit einer verständigen Frau und ein paar liebenswürdigen Töchtern lebe. Die Gastfreiheit und Anmut dieses Hauses ward immer dabei höchlich gerühmt. Soviel bedurfte es kaum, um einen jungen Ritter anzureizen, der sich schon angewöhnt hatte, alle abzumüßigenden Tage und Stunden zu Pferde und in freier Luft zuzubringen. Also entschlossen wir uns auch zu dieser Partie, wobei mir mein Freund versprechen mußte, daß er bei der Einführung weder Gutes noch Böses von mir sagen, überhaupt aber mich gleichgültig behandeln wolle, sogar erlauben, wo nicht schlecht, doch etwas ärmlich und nachlässig gekleidet zu erscheinen. Er willigte darein und versprach sich selbst einigen Spaß davon.

Es ist eine verzeihliche Grille bedeutender Menschen, gelegentlich einmal äußere Vorzüge ins Verborgene zu stellen, um den eignen innern menschlichen Gehalt desto reiner wirken zu lassen; deswegen hat das Inkognito der Fürsten und die daraus entspringenden Abenteuer immer etwas höchst

Angenehmes: es erscheinen verkleidete Gottheiten, die alles Gute, was man ihrer Persönlichkeit erweist, doppelt hoch anrechnen dürfen und im Fall sind, das Unerfreuliche entweder leicht zu nehmen oder ihm ausweichen zu können. Daß Jupiter bei Philemon und Baucis, Heinrich der Vierte, nach einer Jagdpartie, unter seinen Bauern sich in ihrem Inkognito wohlgefallen, ist ganz der Natur gemäß, und man mag es gern; daß aber ein junger Mensch ohne Bedeutung und Namen sich einfallen läßt, aus dem Inkognito einiges Vergnügen zu ziehen, möchte mancher für einen unverzeihlichen Hochmut auslegen. Da aber hier die Rede nicht ist von Gesinnungen und Handlungen, inwiefern sie lobens- oder tadelnswürdig, sondern wiefern sie sich offenbaren und ereignen können; so wollen wir für diesmal, unserer Unterhaltung zu Liebe, dem Jüngling seinen Dünkel verzeihen, um so mehr, als ich hier anführen muß, daß von Jugend auf in mir eine Lust, mich zu verkleiden, selbst durch den ernsten Vater erregt worden.

Auch diesmal hatte ich mich, teils durch eigne ältere, teils durch einige geborgte Kleidungsstücke und durch die Art, die Haare zu kämmen, wo nicht entstellt, doch wenigstens so wunderlich zugestutzt, daß mein Freund unterwegs sich des Lachens nicht erwehren konnte, besonders wenn ich Haltung und Gebärde solcher Figuren, wenn sie zu Pferde sitzen und die man lateinische Reiter nennt, vollkommen nachzuahmen wußte. Die schöne Chaussee, das herrlichste Wetter und die Nähe des Rheins gaben uns den besten Humor. In Drusenheim hielten wir einen Augenblick an, er, um sich nett zu machen, und ich, um mir meine Rolle zurückzurufen, aus der ich gelegentlich zu fallen fürchtete. Die Gegend hier hat den Charakter des ganz freien ebenen Elsasses. Wir ritten einen anmutigen Fußpfad über Wiesen, gelangten bald nach Sesenheim, ließen unsere Pferde im Wirtshause und gingen gelassen nach dem Pfarrhofe. – »Laß dich«, sagte Weyland, indem er mir das Haus von weitem zeigte, »nicht irren, daß es einem alten und schlechten Bauerhause ähnlich sieht; inwendig ist es desto jünger.« Wir traten in den Hof; das Ganze gefiel mir wohl: denn es hatte gerade das, was man malerisch nennt und was mich in der niederländischen Kunst so zauberisch angesprochen hatte. Jene Wirkung war gewaltig sichtbar, welche die Zeit über alles Menschenwerk ausübt. Haus und Scheune und Stall befanden sich in dem Zustande des Verfalls gerade auf dem Punkte, wo man unschlüssig, zwischen Erhalten und Neuaufrichten zweifelhaft, das eine unterläßt, ohne zu dem andern gelangen zu können.

Alles war still und menschenleer, wie im Dorfe so im Hofe. Wir fanden den Vater, einen kleinen, in sich gekehrten aber doch freundlichen Mann, ganz allein: denn die Familie war auf dem Felde. Er hieß uns willkommen, bot uns eine Erfrischung an, die wir ablehnten. Mein Freund eilte, die Frauenzimmer aufzusuchen, und ich blieb mit unserem Wirt allein. – »Sie wundern sich vielleicht«, sagte er, »daß Sie mich in einem reichen Dorfe und bei einer einträglichen Stelle so schlecht quartiert finden; das kommt aber«, fuhr er fort, »von der Unentschlossenheit. Schon lange ist mir's von der Gemeine, ja von den oberen Stellen zugesagt, daß das Haus neu aufgerichtet werden soll; mehrere Risse sind schon gemacht, geprüft, verändert, keiner ganz verworfen und keiner ausgeführt worden. Es hat so viele Jahre gedauert, daß ich mich vor Ungeduld kaum zu fassen weiß.« – Ich erwiderte ihm, was ich für schicklich hielt, um seine Hoffnung zu nähren und ihn aufzumuntern, daß er die Sache stärker betreiben möchte. Er fuhr darauf fort, mit Vertrauen die Personen zu schildern, von denen solche Sachen abhingen, und obgleich er kein sonderlicher Charakterzeichner war, so konnte ich doch recht gut begreifen, wie das ganze Geschäft stocken mußte. Die Zutraulichkeit des Mannes hatte was Eignes; er sprach zu mir, als wenn er mich zehen Jahre gekannt hätte, ohne daß irgend etwas in seinem Blick gewesen wäre, woraus ich einige Aufmerksamkeit auf mich hätte mutmaßen können. Endlich trat mein Freund mit der Mutter herein. Diese schien mich mit ganz andern Augen anzusehn. Ihr Gesicht war regelmäßig und der Ausdruck desselben verständig; sie mußte in ihrer Jugend schön gewesen sein. Ihre Gestalt war lang und hager, doch nicht mehr, als solchen Jahren geziemt; sie hatte vom Rücken her noch ein ganz jugendliches, angenehmes Ansehen. Die älteste Tochter kam darauf lebhaft hereingestürmt; sie fragte nach Friedriken, so wie die andern beiden auch nach ihr gefragt hatten. Der Vater versicherte, sie nicht gesehen zu haben, seitdem alle drei fortgegangen. Die Tochter fuhr wieder zur Türe hinaus, um die Schwester zu suchen; die Mutter brachte uns einige Erfrischungen, und Weyland setzte mit den beiden Gatten das Gespräch fort, das sich auf lauter bewußte Personen und Verhältnisse bezog, wie es zu geschehn pflegt, wenn Bekannte nach einiger Zeit zusammenkommen, von den Gliedern eines großen Zirkels Erkundigung einziehn und sich wechselsweise berichten. Ich hörte zu und erfuhr nunmehr, wie viel ich mir von diesem Kreise zu versprechen hatte.

Die älteste Tochter kam wieder hastig in die Stube, unruhig, ihre Schwester nicht gefunden zu haben. Man war besorgt um sie und schalt auf diese oder jene böse Gewohnheit; nur der Vater sagte ganz ruhig: »Laßt sie immer gehn, sie kommt schon wieder!« In diesem Augenblick trat sie

wirklich in die Türe; und da ging fürwahr an diesem ländlichen Himmel ein allerliebster Stern auf. Beide Töchter
trugen sich noch deutsch, wie man es zu nennen pflegte, und
diese fast verdrängte Nationaltracht kleidete Friedriken besonders gut. Ein kurzes weißes rundes Röckchen mit einer
Falbel, nicht länger, als daß die nettesten Füßchen bis an die
Knöchel sichtbar blieben; ein knappes weißes Mieder und
eine schwarze Taffetschürze – so stand sie auf der Grenze
zwischen Bäuerin und Städterin. Schlank und leicht, als
wenn sie nichts an sich zu tragen hätte, schritt sie, und beinahe schien für die gewaltigen blonden Zöpfe des niedlichen
Köpfchens der Hals zu zart. Aus heiteren blauen Augen
blickte sie sehr deutlich umher, und das artige Stumpfnäs-
chen forschte so frei in die Luft, als wenn es in der Welt keine
Sorge geben könnte; der Strohhut hing ihr am Arm, und so
hatte ich das Vergnügen, sie beim ersten Blick auf einmal
in ihrer ganzen Anmut und Lieblichkeit zu sehn und zu erkennen.

Ich fing nun an, meine Rolle mit Mäßigung zu spielen,
halb beschämt, so gute Menschen zum besten zu haben, die
zu beobachten es mir nicht an Zeit fehlte: denn die Mädchen
setzten jenes Gespräch fort, und zwar mit Leidenschaft und
Laune. Sämtliche Nachbarn und Verwandte wurden abermals vorgeführt, und es erschien meiner Einbildungskraft
ein solcher Schwarm von Onkeln und Tanten, Vettern, Ba-
sen, Kommenden, Gehenden, Gevattern und Gästen, daß
ich in der belebtesten Welt zu hausen glaubte. Alle Familien-
glieder hatten einige Worte mit mir gesprochen, die Mutter
betrachtete mich jedesmal, so oft sie kam oder ging, aber
Friedrike ließ sich zuerst mit mir in ein Gespräch ein, und
indem ich umherliegende Noten aufnahm und durchsah,
fragte sie, ob ich auch spiele? Als ich es bejahte, ersuchte

sie mich, etwas vorzutragen; aber der Vater ließ mich nicht dazu kommen: denn er behauptete es sei schicklich, dem Gaste zuerst mit irgend einem Musikstück oder einem Liede zu dienen.

Sie spielte verschiedenes mit einiger Fertigkeit, in der Art, wie man es auf dem Lande zu hören pflegt, und zwar auf einem Klavier, das der Schulmeister schon längst hätte stimmen sollen, wenn er Zeit gehabt hätte. Nun sollte sie auch ein Lied singen, ein gewisses zärtlich-trauriges; das gelang ihr nun gar nicht. Sie stand auf und sagte lächelnd, oder vielmehr mit dem auf ihrem Gesicht immerfort ruhenden Zuge von heiterer Freude: »Wenn ich schlecht singe, so kann ich die Schuld nicht auf das Klavier und den Schulmeister werfen; lassen Sie uns aber nur hinauskommen, dann sollen Sie meine Elsasser- und Schweizerliedchen hören, die klingen schon besser.«

Beim Abendessen beschäftigte mich eine Vorstellung, die mich schon früher überfallen hatte, dergestalt, daß ich nachdenklich und stumm wurde, obgleich die Lebhaftigkeit der älteren Schwester und die Anmut der jüngern mich oft genug aus meinen Betrachtungen schüttelten. Meine Verwunderung war über allen Ausdruck, mich so ganz leibhaftig in der Wakefieldschen Familie zu finden. Der Vater konnte freilich nicht mit jenem trefflichen Manne verglichen werden; allein wo gäbe es auch seinesgleichen! Dagegen stellte sich alle Würde, welche jenem Ehegatten eigen ist, hier in der Gattin dar. Man konnte sie nicht ansehen, ohne sie zugleich zu ehren und zu scheuen. Man bemerkte bei ihr die Folgen einer guten Erziehung; ihr Betragen war ruhig, frei, heiter und einladend.

Hatte die ältere Tochter nicht die gerühmte Schönheit Oliviens, so war sie doch wohl gebaut, lebhaft und eher heftig; sie zeigte sich überall tätig und ging der Mutter in allem an Handen. Friedriken an die Stelle von Primrosens Sophie zu setzen war nicht schwer: denn von jener ist wenig gesagt, man gibt nur zu, daß sie liebenswürdig sei; diese war es wirklich. Wie nun dasselbe Geschäft, derselbe Zustand überall, wo er vorkommen mag, ähnliche, wo nicht gleiche Wirkungen hervorbringt; so kam auch hier manches zur Sprache, es geschah gar manches, was in der Wakefieldschen Familie sich auch schon ereignet hatte. Als nun aber gar zuletzt ein längst angekündigter und von dem Vater mit Ungeduld erwarteter jüngerer Sohn ins Zimmer sprang und sich dreust zu uns setzte, indem er von den Gästen wenig Notiz nahm, so enthielt ich mich kaum auszurufen: »Moses, bist du auch da!«

Die Unterhaltung bei Tische erweiterte die Ansicht jenes Land- und Familienkreises, indem von mancherlei lustigen Begebenheiten, die bald da, bald dort vorgefallen, die Rede war. Friedrike, die neben mir saß, nahm daher Gelegenheit, mir verschiedene Ortschaften zu beschreiben, die es wohl zu besuchen der Mühe wert sei. Da immer ein Geschichtchen das andere hervorruft, so konnte ich nun auch mich desto besser in das Gespräch mischen und ähnliche Begebenheiten erzählen, und weil hiebei ein guter Landwein keineswegs geschont wurde, so stand ich in Gefahr, aus meiner Rolle zu fallen, weshalb der vorsichtigere Freund den schönen Mondschein zum Vorwand nahm und auf einen Spaziergang antrug, welcher denn auch sogleich beliebt wurde. Er bot der Ältesten den Arm, ich der Jüngsten, und so zogen wir durch die weiten Fluren, mehr den Himmel über uns zum Gegenstand habend als die Erde, die sich neben uns in der Breite verlor. Friedrikens Reden jedoch hatten nichts Mondscheinhaftes; durch die Klarheit, womit sie sprach, machte sie die Nacht zum Tage, und es war nichts darin, was eine Empfindung angedeutet oder erweckt hätte, nur bezogen sich ihre Äußerungen mehr als bisher auf mich, indem sie sowohl ihren Zustand als die Gegend und ihre Bekannten mir von der Seite vorstellte, wiefern ich sie würde kennen lernen: denn sie hoffe, setzte sie hinzu, daß ich keine Ausnahme machen und sie wieder besuchen würde, wie jeder Fremde gern getan, der einmal bei ihnen eingekehrt sei.

Es war mir sehr angenehm, stillschweigend der Schilderung zuzuhören, die sie von der kleinen Welt machte, in der sie sich bewegte, und von denen Menschen, die sie besonders schätzte. Sie brachte mir dadurch einen klaren und zugleich so liebenswürdigen Begriff von ihrem Zustande bei, der sehr wunderlich auf mich wirkte: denn ich empfand auf einmal einen tiefen Verdruß, nicht früher mit ihr gelebt zu haben, und zugleich ein recht peinliches, neidisches Gefühl gegen alle, welche das Glück gehabt hatten, sie bisher zu umgeben. Ich paßte sogleich, als wenn ich ein Recht dazu gehabt hätte, genau auf alle ihre Schilderungen von Männern, sie mochten unter den Namen von Nachbarn, Vettern oder Gevattern auftreten, und lenkte bald da, bald dorthin meine Vermutung; allein, wie hätte ich etwas entdecken sollen in der völligen Unbekanntschaft aller Verhältnisse. Sie wurde zuletzt immer redseliger und ich immer stiller. Es hörte sich ihr gar so gut zu, und da ich nur ihre Stimme vernahm, ihre Gesichtsbildung aber sowie die übrige Welt in Dämmerung schwebte, so war es mir, als ob ich in ihr Herz sähe, das ich höchst rein finden mußte, da es sich in so unbefangener Geschwätzigkeit vor mir eröffnete.

Als mein Gefährte mit mir in das für uns zubereitete Gastzimmer gelangte, brach er sogleich mit Selbstgefälligkeit in behaglichen Scherz aus und tat sich viel darauf zugute, mich

mit der Ähnlichkeit der Primrosischen Familie so sehr überrascht zu haben. Ich stimmte mit ein, indem ich mich dankbar erwies. – »Fürwahr!« rief er aus, »das Märchen ist ganz
beisammen. Diese Familie vergleicht sich jener sehr gut, und
der verkappte Herr da mag sich die Ehre antun, für Herrn
Burchell gelten zu wollen; ferner, weil wir im gemeinen Leben die Bösewichter nicht so nötig haben als in Romanen, so
will ich für diesmal die Rolle des Neffen übernehmen und
mich besser aufführen als er.« Ich verließ jedoch sogleich
dieses Gespräch, so angenehm es mir auch sein mochte, und
fragte ihn vor allen Dingen auf sein Gewissen, ob er mich
wirklich nicht verraten habe. Er beteuerte »Nein!«, und ich
durfte ihm glauben. Sie hätten sich vielmehr, sagte er, nach
dem lustigen Tischgesellen erkundigt, der in Straßburg mit
ihm in Einer Pension speise und von dem man ihnen allerlei
verkehrtes Zeug erzählt habe. Ich schritt nun zu andern Fragen: ob sie geliebt habe? ob sie liebe? ob sie versprochen sei?
Er verneinte das alles. – »Fürwahr!« versetzte ich, »eine solche Heiterkeit von Natur aus ist mir unbegreiflich. Hätte sie
geliebt und verloren und sich wieder gefaßt, oder wäre sie
Braut, in beiden Fällen wollte ich es gelten lassen.«

So schwatzten wir zusammen tief in die Nacht, und ich
war schon wieder munter, als es tagte. Das Verlangen, sie
wieder zu sehen, schien unüberwindlich; allein, indem ich
mich anzog, erschrak ich über die verwünschte Garderobe,
die ich mir so freventlich ausgesucht hatte. Je weiter ich kam,
meine Kleidungsstücke anzulegen, desto niederträchtiger
erschien ich mir: denn alles war ja auf diesen Effekt be-
rechnet. Mit meinen Haaren wäre ich allenfalls noch fertig
geworden; aber wie ich mich zuletzt in den geborgten, ab-
getragenen grauen Rock einzwängte und die kurzen Ärmel
mir das abgeschmackteste Ansehen gaben, fiel ich desto ent-

schiedener in Verzweiflung, als ich mich in einem kleinen Spiegel nur teilweise betrachten konnte; da denn immer ein Teil lächerlicher aussah als der andre.

Über dieser Toilette war mein Freund aufgewacht und blickte, mit der Zufriedenheit eines guten Gewissens und im Gefühl einer freudigen Hoffnung für den Tag, aus der gestopften seidenen Decke. Ich hatte schon seine hübschen Kleider, wie sie über den Stuhl hingen, längst beneidet, und wäre er von meiner Taille gewesen, ich hätte sie ihm vor den Augen weggetragen, mich draußen umgezogen und ihm meine verwünschte Hülle, in den Garten eilend, zurückgelassen; er hätte guten Humor genug gehabt, sich in meine Kleider zu stecken, und das Märchen wäre bei frühem Morgen zu einem lustigen Ende gelangt. Daran war aber nun gar nicht zu denken, so wenig als wie an irgend eine schickliche Vermittelung. In der Figur, in der mich mein Freund für einen zwar fleißigen und geschickten, aber armen Studiosen der Theologie ausgeben konnte, wieder vor Friedriken hinzutreten, die gestern abend an mein verkleidetes Selbst so freundlich gesprochen hatte, das war mir ganz unmöglich. Ärgerlich und sinnend stand ich da und bot all mein Erfindungsvermögen auf; allein es verließ mich. Als nun aber gar der behaglich Ausgestreckte, nachdem er mich eine Weile fixiert hatte, auf einmal in ein lautes Lachen ausbrach und ausrief: »Nein! es ist wahr, du siehst ganz verwünscht aus!«, versetzte ich heftig: »Und ich weiß, was ich tue, leb wohl und entschuldige mich!« – »Bist du toll!« rief er, indem er aus dem Bette sprang und mich aufhalten wollte. Ich war aber schon zur Türe hinaus, die Treppe hinunter, aus Haus und Hof, nach der Schenke; im Nu war mein Pferd gesattelt, und ich eilte in rasendem Unmut galoppierend nach Drusenheim, den Ort hindurch und immer weiter.

Da ich mich nun in Sicherheit glaubte, ritt ich langsamer und fühlte nun erst, wie unendlich ungern ich mich entfernte. Ich ergab mich aber in mein Schicksal, vergegenwärtigte mir den Spaziergang von gestern abend mit der größten Ruhe und nährte die stille Hoffnung, sie bald wieder zu sehn. Doch verwandelte sich dieses stille Gefühl bald wieder in Ungeduld, und nun beschloß ich, schnell in die Stadt zu reiten, mich umzuziehen, ein gutes frisches Pferd zu nehmen; da ich denn wohl allenfalls, wie mir die Leidenschaft vorspiegelte, noch vor Tische, oder, wie es wahrscheinlicher war, zum Nachtische oder gegen Abend gewiß wieder eintreffen und meine Vergebung erbitten konnte.

Eben wollte ich meinem Pferde die Sporen geben, um diesen Vorsatz auszuführen, als mir ein anderer und, wie mich deuchte, sehr glücklicher Gedanke durch den Geist fuhr. Schon gestern hatte ich im Gasthofe zu Drusenheim einen sehr sauber gekleideten Wirtssohn bemerkt, der auch heute früh, mit ländlichen Anordnungen beschäftigt, mich aus seinem Hofe begrüßte. Er war von meiner Gestalt und hatte mich flüchtig an mich selbst erinnert. Gedacht, getan! Mein Pferd war kaum umgewendet, so befand ich mich in Drusenheim; ich brachte es in den Stall und machte dem Burschen kurz und gut den Vortrag: er solle mir seine Kleider borgen, weil ich in Sesenheim etwas Lustiges vorhabe. Da brauchte ich nicht auszureden; er nahm den Vorschlag mit Freuden an und lobte mich, daß ich den Mamsells einen Spaß machen wolle; sie wären so brav und gut, besonders Mamsell Riekchen, und auch die Eltern sähen gerne, daß es immer lustig und vergnügt zuginge. Er betrachtete mich aufmerksam, und da er mich nach meinem Aufzug für einen armen Schlucker halten mochte, so sagte er: »Wenn Sie sich insinuieren wollen, so ist das der rechte Weg.« Wir waren indessen schon weit in unserer Umkleidung gekommen, und eigentlich sollte er mir seine Festtagskleider gegen die meinigen nicht anvertrauen; doch er war treuherzig und hatte ja mein Pferd im Stalle. Ich stand bald und recht schmuck da, warf mich in die Brust, und mein Freund schien sein Ebenbild mit Behaglichkeit zu betrachten. – »Topp, Herr Bruder!« sagte er, indem er mir die Hand hinreichte, in die ich wacker einschlug, »komme Er meinem Mädel nicht zu nah, sie möchte sich vergreifen.«

Meine Haare, die nunmehr wieder ihren völligen Wuchs hatten, konnte ich ohngefähr wie die seinigen scheiteln, und da ich ihn wiederholt betrachtete, so fand ich's lustig, seine dichteren Augenbrauen mit einem gebrannten Korkstöpsel mäßig nachzuahmen und sie in der Mitte näher zusammenzuziehen, um mich bei meinem rätselhaften Vornehmen auch äußerlich zum Rätsel zu bilden. »Habt Ihr nun«, sagte ich, als er mir den bebänderten Hut reichte, »nicht irgend etwas in der Pfarre auszurichten, daß ich mich auf eine natürliche Weise dort anmelden könnte?« – »Gut!« versetzte er, »aber da müssen Sie noch zwei Stunden warten. Bei uns ist eine Wöchnerin; ich will mich erbieten, den Kuchen der Frau Pfarrin zu bringen, den mögen Sie dann hinübertragen. Hoffart muß Not leiden, und der Spaß denn auch.« – Ich entschloß mich zu warten, aber diese zwei Stunden wurden mir unendlich lang, und ich verging vor Ungeduld, als die dritte verfloß, ehe der Kuchen aus dem Ofen kam. Ich empfing ihn endlich ganz warm und eilte, bei dem schönsten Sonnenschein, mit meinem Kreditiv davon, noch eine Strecke von meinem Ebenbild begleitet, welches gegen Abend nachzukommen und mir meine Kleider zu bringen versprach, die ich aber lebhaft ablehnte und mir vorbehielt, ihm die seinigen wieder zuzustellen.

Ich war nicht weit mit meiner Gabe gesprungen, die ich in einer sauberen zusammengeknüpften Serviette trug, als ich in der Ferne meinen Freund mit den beiden Frauenzimmern mir entgegen kommen sah. Mein Herz war beklommen, wie sich's eigentlich unter dieser Jacke nicht ziemte. Ich blieb stehen, holte Atem und suchte zu überlegen, was ich beginnen solle; und nun bemerkte ich erst, daß das Terrain mir sehr zustatten kam: denn sie gingen auf der andern Seite des Baches, der, so wie die Wiesenstreifen, durch die er hinlief, zwei Fußpfade ziemlich auseinander hielt. Als sie gegen mir über waren, rief Friedrike, die mich schon lange gewahrt hatte: »Georges, was bringst du?« Ich war klug genug, das Gesicht mit dem Hute, den ich abnahm, zu bedecken, indem ich die beladene Serviette hoch in die Höhe hielt. – »Ein Kindtaufkuchen!« rief sie dagegen; »wie geht's der Schwester?« – »Guet«, sagte ich, indem ich, wo nicht elsassisch, doch fremd zu reden suchte. – »Trag ihn nach Hause!« sagte die Älteste, »und wenn du die Mutter nicht findest, gib ihn der Magd; aber wart auf uns, wir kommen bald wieder, hörst du!« – Ich eilte meinen Pfad hin, im Frohgefühl der besten Hoffnung, daß alles gut ablaufen müsse, da der Anfang glücklich war, und hatte bald die Pfarrwohnung erreicht. Ich fand niemand, weder im Haus noch in der Küche; den Herrn, den ich beschäftigt in der Studierstube vermuten konnte, wollte ich nicht aufregen, ich setzte mich, deshalb auf die Bank vor der Türe, den Kuchen neben mich, und drückte den Hut ins Gesicht.

Ich erinnere mich nicht leicht einer angenehmern Empfindung. Hier an dieser Schwelle wieder zu sitzen, über die ich vor kurzem in Verzweiflung hinausgestolpert war; sie schon wieder gesehn, ihre liebe Stimme schon wieder gehört zu haben, kurz nachdem mein Unmut mir eine lange Trennung vorgespiegelt hatte; jeden Augenblick sie selbst und eine Entdeckung zu erwarten, vor der mir das Herz klopfte, und doch, in diesem zweideutigen Falle, eine Entdeckung ohne Beschämung; dann, gleich zum Eintritt, einen so lustigen Streich, als keiner derjenigen, die gestern belacht worden waren! Liebe und Not sind doch die besten Meister, hier wirkten sie zusammen, und der Lehrling war ihrer nicht unwert geblieben.

Die Magd kam aber aus der Scheune getreten. – »Nun! sind die Kuchen geraten?« rief sie mich an; »wie geht's der Schwester?« – »Alles guet«, sagte ich und deutete auf den Kuchen, ohne aufzusehen. Sie faßte die Serviette und murrte »Nun, was hast du heute wieder? hat Bärbchen wieder einmal einen Andern angesehn? Laß es uns nicht entgelten! Das wird eine saubere Ehe werden, wenn's so fortgeht.« Da sie ziemlich laut sprach, kam der Pfarrer ans Fenster und fragte, was es gebe? Sie bedeutete ihn; ich stand auf und kehrte mich nach ihm zu, doch hielt ich den Hut wieder übers Gesicht. Als er etwas Freundliches gesprochen und mich zu bleiben geheißen hatte, ging ich nach dem Garten und wollte eben hineintreten, als die Pfarrin, die zum Hoftore hereinkam, mich anrief. Da mir die Sonne gerade ins Gesicht schien, so bediente ich mich abermals des Vorteils, den mir der Hut gewährte, grüßte sie mit einem Scharrfuß, sie aber ging in das Haus, nachdem sie mir zugesprochen hatte, ich möchte nicht weggehen, ohne etwas genossen zu haben. Ich ging nunmehr in dem Garten auf und ab; alles hatte bisher den besten Erfolg gehabt, doch holte ich tief Atem, wenn ich dachte, daß die jungen Leute nun bald herankommen würden. Aber unvermutet trat die Mutter zu mir und wollte eben eine Frage an mich tun, als sie mir ins Gesicht sah, das ich nicht mehr verbergen konnte, und ihr das Wort im

Munde stockte. – »Ich suche Georgen«, sagte sie nach einer Pause, »und wen finde ich! Sind Sie es, junger Herr? wie viel Gestalten haben Sie denn?« – »Im Ernst nur eine«, versetzte ich, »zum Scherz, soviel Sie wollen.« – »Den will ich nicht verderben«, lächelte sie; »gehen Sie hinten zum Garten hinaus und auf der Wiese hin, bis es Mittag schlägt, dann kehren Sie zurück, und ich will den Spaß schon eingeleitet haben.« Ich tat's; allein da ich aus den Hecken der Dorfgärten heraus war und die Wiesen hingehen wollte, kamen gerade einige Landleute den Fußpfad her, die mich in Verlegenheit setzten. Ich lenkte deshalb nach einem Wäldchen, das ganz nah eine Erderhöhung bekrönte, um mich darin bis zur bestimmten Zeit zu verbergen. Doch wie wunderlich ward mir zu Mute, als ich hineintrat: denn es zeigte sich mir ein reinlicher Platz mit Bänken, von deren jeder man eine hübsche Aussicht in die Gegend gewann. Hier war das Dorf und der Kirchturm, hier Drusenheim und dahinter die waldigen Rheininseln, gegenüber die Vogesischen Gebirge und zuletzt der Straßburger Münster. Diese verschiedenen himmelhellen Gemälde waren durch buschige Rahmen eingefaßt, so daß man nichts Erfreulicheres und Angenehmeres sehen konnte. Ich setzte mich auf eine der Bänke und bemerkte an dem stärksten Baum ein kleines längliches Brett mit der Inschrift: Friedrikens Ruhe. Es fiel mir nicht ein, daß ich gekommen sein könnte, diese Ruhe zu stören: denn eine aufkeimende Leidenschaft hat das Schöne, daß, wie sie sich ihres Ursprungs unbewußt ist, sie auch keinen Gedanken eines Endes haben und, wie sie sich froh und heiter fühlt, nicht ahnden kann, daß sie wohl auch Unheil stiften dürfte.

Kaum hatte ich Zeit gehabt, mich umzusehn, und verlor mich eben in süße Träumereien, als ich jemand kommen hörte; es war Friedrike selbst. – »Georges, was machst du hier?« rief sie von weitem. »Nicht Georges!« rief ich, in dem ich ihr entgegenlief; »aber einer, der tausendmal um Verzeihung bittet.« Sie betrachtete mich mit Erstaunen, nahm sich aber gleich zusammen und sagte nach einem tieferen Atemholen: »Garstiger Mensch, wie erschrecken Sie mich!« – »Die erste Maske hat mich in die zweite getrieben«, rief ich aus; »jene wäre unverzeihlich gewesen, wenn ich nur einigermaßen gewußt hätte, zu wem ich ging, diese vergeben Sie gewiß: denn es ist die Gestalt von Menschen, denen Sie so freundlich begegnen.« – Ihre bläßlichen Wangen hatten sich mit dem schönsten Rosenrote gefärbt. – »Schlimmer sollen Sie's wenigstens nicht haben als Georges! Aber lassen Sie uns sitzen! Ich gestehe es, der Schreck ist mir in die Glieder gefahren.« – Ich setzte mich zu ihr, äußerst bewegt. – »Wir wissen alles bis heute früh durch Ihren Freund«, sagte sie, »nun erzählen Sie mir das Weitere.« Ich ließ mir das nicht zweimal sagen, sondern beschrieb ihr meinen Abscheu vor der gestrigen Figur, mein Fortstürmen aus dem Hause so komisch, daß sie herzlich und anmutig lachte; dann ließ ich das übrige folgen, mit aller Bescheidenheit zwar, doch leidenschaftlich genug, daß es gar wohl für eine Liebeserklärung in historischer Form hätte gelten können. Das Vergnügen, sie wieder zu finden, feierte ich zuletzt mit einem Kusse auf ihre Hand, die sie in den meinigen ließ. Hatte sie bei dem gestrigen Mondscheingang die Unkosten des Gesprächs übernommen, so erstattete ich die Schuld nun reichlich von meiner Seite. Das Vergnügen, sie wiederzusehn und ihr alles sagen zu können, was ich gestern zurückhielt, war so groß, daß ich in meiner Redseligkeit nicht bemerkte, wie sie selbst nachdenkend und schweigend war. Sie holte einigemal tief Atem, und ich bat sie aber- und abermal um Verzeihung wegen des Schrecks, den ich ihr verursacht hatte. Wie lange wir mögen gesessen haben, weiß ich nicht; aber auf einmal hörten wir »Riekchen! Riekchen!« rufen. Es war die Stimme der Schwester. – »Das wird eine schöne Geschichte geben«, sagte das liebe Mädchen, zu ihrer völligen Heiterkeit wiederhergestellt. »Sie kommt an meiner Seite her«, fügte sie hinzu, indem sie sich vorbog, mich halb zu verbergen: »Wenden Sie sich weg, damit man Sie nicht gleich erkennt.« Die Schwester trat in den Platz, aber nicht allein, Weyland ging mit ihr, und beide, da sie uns erblickten, blieben wie versteinert.

Wenn wir auf einmal aus einem ruhigen Dache eine Flamme gewaltsam ausbrechen sähen oder einem Ungeheuer begegneten, dessen Mißgestalt zugleich empörend und fürchterlich wäre, so würden wir von keinem so grimmigen Entsetzen befallen werden, als dasjenige ist, das uns ergreift, wenn wir etwas unerwartet mit Augen sehen, das wir moralisch unmöglich glaubten. – »Was heißt das?« rief jene mit der Hastigkeit eines Erschrockenen: »Was ist das? du mit Georgen! Hand in Hand! Wie begreif' ich das?« – »Liebe Schwester«, versetzte Friedrike ganz bedenklich, »der arme Mensch, er bittet mir was ab, er hat dir auch was abzubitten, du mußt ihm aber zum voraus verzeihen.« – »Ich verstehe nicht, ich begreife nicht«, sagte die Schwester, indem sie den Kopf schüttelte und Weylanden ansah, der, nach seiner stillen Art, ganz ruhig dastand und die Szene ohne irgend eine Äußerung betrachtete. Friedrike stand auf und zog mich nach sich. »Nicht gezaudert!« rief sie, »Pardon gebeten und gegeben!« »Nun ja!« sagte ich, indem ich der ältesten ziemlich nahe trat: »Pardon habe ich vonnöten!« Sie fuhr zurück, tat einen lauten Schrei und wurde rot über und über; dann warf sie sich aufs Gras, lachte überlaut und wollte sich gar nicht zufrieden geben. Weyland lächelte behaglich und rief: »Du bist ein exzellenter Junge!« Dann schüttelte er meine Hand in der seinigen. Gewöhnlich war er mit Liebkosungen nicht freigebig, aber sein Händedruck hatte etwas Herzliches und Belebendes; doch war er auch mit diesem sparsam.

Nach einiger Erholung und Sammlung traten wir unsern Rückweg nach dem Dorfe an. Unterwegs erfuhr ich, wie dieses wunderbare Zusammentreffen veranlaßt worden. Friedrike hatte sich von dem Spaziergange zuletzt abgesondert, um auf ihrem Plätzchen noch einen Augenblick vor Tische zu ruhen, und als jene beiden nach Hause gekommen, hatte die Mutter sie abgeschickt, Friedriken eiligst zu holen, weil das Mittagsessen bereit sei.

Die Schwester zeigte den ausgelassensten Humor, und als sie erfuhr, daß die Mutter das Geheimnis schon entdeckt habe, rief sie aus: »Nun ist noch übrig, daß Vater, Bruder, Knecht und Magd gleichfalls angeführt werden.« Als wir uns an dem Gartenzaun befanden, mußte Friedrike mit dem Freund voraus nach dem Hause gehen. Die Magd war im Hausgarten beschäftigt, und Olivie (so mag auch hier die ältere Schwester heißen) rief ihr zu: »Warte, ich habe dir was zu sagen!« Mich ließ sie an der Hecke stehn und ging zu dem Mädchen. Ich sah, daß sie sehr ernsthaft sprachen. Olivie bildete ihr ein, George habe sich mit Bärben überworfen und schiene Lust zu haben, sie zu heiraten. Das gefiel der Dirne nicht übel; nun ward ich gerufen und sollte das Gesagte bekräftigen. Das hübsche derbe Kind senkte die Augen nieder und blieb so, bis ich ganz nahe vor ihr stand. Als sie aber auf einmal das fremde Gesicht erblickte, tat auch sie einen lauten Schrei und lief davon. Olivie hieß mich ihr nachlaufen und sie festhalten, daß sie nicht ins Haus geriet und Lärm machte; sie aber wolle selbst hingehen und sehen, wie es mit dem Vater stehe. Unterwegs traf Olivie auf den Knecht, welcher der Magd gut war; ich hatte indessen das Mädchen ereilt und hielt sie fest. – »Denk einmal! welch ein Glück«, rief Olivie, »mit Bärben ist's aus, und George heiratet Liesen.« – »Das habe ich lange gedacht«, sagte der gute Kerl und blieb verdrießlich stehen.

Ich hatte dem Mädchen begreiflich gemacht, daß es nur darauf ankomme, den Papa anzuführen. Wir gingen auf den Burschen los, der sich umkehrte und sich zu entfernen suchte; aber Liese holte ihn herbei, und auch er machte, indem er enttäuscht ward, die wunderlichsten Gebärden. Wir gingen zusammen nach dem Hause. Der Tisch war gedeckt und der Vater schon im Zimmer. Olivie, die mich hinter sich hielt, trat an die Schwelle und sagte: »Vater, es ist dir doch recht, daß Georges heute mit uns ißt? Du mußt ihm aber erlauben, daß er den Hut aufbehält.« – »Meinetwegen!« sagte der Alte, »aber warum so was Ungewöhnliches? Hat er sich beschädigt?« Sie zog mich vor, wie ich stand und den Hut aufhatte. »Nein!« sagte sie, indem sie mich in die Stube führte, »aber er hat eine Vogelhecke darunter, die möchten hervorfliegen und einen verteufelten Spuk machen: denn es sind lauter lose Vögel.« Der Vater ließ sich den Scherz gefallen, ohne daß er recht wußte, was es heißen sollte. In dem Augenblick nahm sie mir den Hut ab, machte einen Scharrfuß und verlangte von mir das gleiche. Der Alte sah mich an, erkannte mich, kam aber nicht aus seiner priesterlichen Fassung. »Ei ei! Herr Kandidat!« rief er aus, indem er einen drohenden Finger aufhob: »Sie haben geschwind umgesattelt, und ich verliere über Nacht einen Gehülfen, der mir erst gestern so treulich zusagte, manchmal die Wochenkanzel für mich zu besteigen.« Darauf lachte er von Herzen, hieß mich willkommen, und wir setzten uns zu Tische. Moses kam um vieles später; denn er hatte sich, als der verzogene Jüngste, angewöhnt, die Mittagsglocke zu verhören. Außerdem gab er wenig acht auf die Gesellschaft, auch kaum, wenn er widersprach. Man hatte mich, um ihn sicherer zu machen, nicht zwischen die Schwestern, sondern an das Ende des Tisches gesetzt, wo Georges manchmal zu sitzen pflegte. Als er, mir im Rücken, zur Tür hereingekommen war, schlug er mir derb auf die Achsel und sagte: »Georges, gesegnete Mahlzeit!« – »Schönen Dank, Junker!« erwiderte ich. – Die fremde Stimme, das fremde Gesicht erschreckten ihn. – »Was sagst du?« rief Olivie, »sieht er seinem Bruder nicht recht ähnlich?« – »Jawohl, von hinten«, versetzte Moses, der sich gleich wieder zu fassen wußte, »wie allen Leuten.« Er sah mich gar nicht wieder an und beschäftigte sich bloß, die Gerichte, die er nachzuholen hatte, eifrig hinunterzuschlingen. Dann beliebte es ihm auch, gelegentlich aufzustehen und sich in Hof und Garten etwas zu schaffen zu machen. Zum Nachtische trat der wahrhafte Georges herein und belebte die ganze Szene noch mehr. Man wollte ihn wegen seiner Eifersucht aufziehen und nicht billigen, daß er sich an mir einen Rival geschaffen hätte; allein er war bescheiden und gewandt genug und mischte auf eine halb dusselige Weise sich, seine Braut, sein Ebenbild und die Mamsells dergestalt durcheinander, daß man zuletzt nicht mehr wußte, von wem die Rede war, und daß man ihn das Glas Wein und ein Stück von seinem eignen Kuchen in Ruhe gar zu gern verzehren ließ.

Nach Tische war die Rede, daß man spazieren gehen wolle; welches doch in meinen Bauerkleidern nicht wohl anging. Die Frauenzimmer aber hatten schon heute früh, als sie erfuhren, wer so übereilt fortgelaufen war, sich erinnert, daß eine schöne Pekesche eines Vettern im Schrank hänge, mit der er, bei seinem Hiersein, auf die Jagd zu gehen pflege. Allein ich lehnte es ab, äußerlich zwar mit allerlei Späßen, aber innerlich mit dem eitlen Gefühl, daß ich den guten Eindruck, den ich als Bauer gemacht, nicht wieder durch den Vetter zerstören wolle. Der Vater hatte sich entfernt, sein Mittagsschläfchen zu halten, die Mutter war in der Haushaltung beschäftigt wie immer. Der Freund aber tat den Vorschlag, ich solle etwas erzählen, worein ich sogleich willigte. Wir begaben uns in eine geräumige Laube, und ich trug ein Märchen vor, das ich hernach unter dem Titel »Die neue Melusine« aufgeschrieben habe. Es verhält sich zum »Neuen Paris« wie ongefähr der Jüngling zum Knaben, und ich würde es hier einrücken, wenn ich nicht der ländlichen Wirklichkeit und Einfalt, die uns hier gefällig umgibt, durch wunderliche Spiele der Phantasie zu schaden fürchtete. Genug, mir gelang, was den Erfinder und Erzähler solcher Produktionen belohnt, die Neugierde zu erregen, die Aufmerksamkeit zu fesseln, zu voreiliger Auflösung undurchdringlicher Rätsel zu reizen, die Erwartungen zu täuschen, durch das Seltsamere, das an die Stelle des Seltsamen tritt, zu verwirren, Mitleid und Furcht zu erregen, besorgt zu machen, zu rühren und endlich durch Umwendung eines scheinbaren Ernstes in geistreichen und heitern Scherz das Gemüt zu befriedigen, der Einbildungskraft Stoff zu neuen Bildern und dem Verstande zu fernerm Nachdenken zu hinterlassen.

Sollte jemand künftig dieses Märchen gedruckt lesen und zweifeln, ob es eine solche Wirkung habe hervorbringen können; so bedenke derselbe, daß der Mensch eigentlich nur berufen ist, in der Gegenwart zu wirken. Schreiben ist ein Mißbrauch der Sprache, stille für sich lesen ein trauriges

Surrogat der Rede. Der Mensch wirkt alles, was er vermag auf den Menschen, durch seine Persönlichkeit, die Jugend am stärksten auf die Jugend, und hier entspringen auch die reinsten Wirkungen. Diese sind es, welche die Welt beleben und weder moralisch noch physisch aussterben lassen. Mir war von meinem Vater eine gewisse lehrhafte Redseligkeit angeerbt; von meiner Mutter die Gabe, alles, was die Einbildungskraft hervorbringen, fassen kann, heiter und kräftig darzustellen, bekannte Märchen aufzufrischen, andere zu erfinden und zu erzählen, ja im Erzählen zu erfinden. Durch jene väterliche Mitgift wurde ich der Gesellschaft mehrenteils unbequem: denn wer mag gern die Meinungen und Gesinnungen des andern hören, besonders eines Jünglings, dessen Urteil, bei lückenhafter Erfahrung, immer unzulänglich erscheint. Meine Mutter hingegen hatte mich zur gesellschaftlichen Unterhaltung eigentlich recht ausgestattet. Das leerste Märchen hat für die Einbildungskraft schon einen hohen Reiz, und der geringste Gehalt wird vom Verstande dankbar aufgenommen.

Durch solche Darstellungen, die mich gar nichts kosteten, machte ich mich bei Kindern beliebt, erregte und ergetzte die Jugend und zog die Aufmerksamkeit älterer Personen auf mich. Nur mußte ich in der Sozietät, wie sie gewöhnlich ist, solche Übungen gar bald einstellen, und ich habe nur zu sehr an Lebensgenuß und freier Geistesförderung dadurch verloren; doch begleiteten mich jene beiden elterlichen Gaben durchs ganze Leben, mit einer dritten verbunden, mit dem Bedürfnis, mich figürlich und gleichnisweise auszudrücken. In Rücksicht dieser Eigenschaften, welche der so einsichtige als geistreiche Doktor Gall, nach seiner Lehre, an mir anerkannte, beteuerte derselbe, ich sei eigentlich zum Volksredner geboren. Über diese Eröffnung erschrak ich nicht wenig:

denn hätte sie wirklich Grund, so wäre, da sich bei meiner Nation nichts zu reden fand, alles übrige, was ich vornehmen konnte, leider ein verfehlter Beruf gewesen.

Nachdem ich in jener Laube zu Sesenheim meine Erzählung vollendet, in welcher das Gemeine mit dem Unmöglichen anmutig genug wechselte, sah ich meine Hörerinnen, die sich schon bisher ganz eigen teilnehmend erwiesen hatten, von meiner seltsamen Darstellung aufs äußerste verzaubert. Sie baten mich inständig, ihnen das Märchen aufzuschreiben, damit sie es öfters unter sich und vorlesend mit andern wiederholen könnten. Ich versprach es um so lieber, als ich dadurch einen Vorwand zu Wiederholung des Besuchs und Gelegenheit zu näherer Verbindung mir zu gewinnen hoffte. Die Gesellschaft trennte sich einen Augenblick, und alle mochten fühlen, daß, nach einem so lebhaft vollbrachten Tag, der Abend einigermaßen matt werden könnte. Von dieser Sorge befreite mich mein Freund, der sich für uns die Erlaubnis erbat, sogleich Abschied nehmen zu dürfen, weil er, als ein fleißiger und in seinen Studien folgerechter akademischer Bürger, diese Nacht in Drusenheim zuzubringen und morgen zeitig in Straßburg zu sein wünsche.

Unser Nachtquartier erreichten wir beide schweigend; ich, weil ich einen Widerhaken im Herzen fühlte, der mich zurückzog, er, weil er etwas anderes im Sinne hatte, das er mir, als wir angelangt waren, sogleich mitteilte. – »Es ist doch wunderlich«, fing er an, »daß du gerade auf dieses Märchen verfallen bist. Hast du nicht bemerkt, daß es einen ganz besondern Eindruck machte?« – »Freilich«, versetzte ich darauf; »wie hätte ich nicht bemerken sollen, daß die Ältere bei einigen Stellen, mehr als billig, lachte, die Jüngere den Kopf schüttelte, daß ihr euch bedeutend ansaht und daß du selbst beinah aus deiner Fassung gekommen wärest. Ich leugne nicht, es hätte mich fast irre gemacht: denn es fuhr mir durch den Kopf, daß es vielleicht unschicklich sei, den guten Kindern solche Fratzen zu erzählen, die ihnen besser unbekannt blieben, und ihnen von den Männern so schlechte Begriffe zu geben, als sie von der Figur des Abenteurers sich notwendig bilden müssen.« – »Keineswegs!« versetzte jener: »Du errätst es nicht, und wie solltest du's erraten? Die guten Kinder sind mit solchen Dingen gar nicht so unbekannt, als du glaubst: denn die große Gesellschaft um sie her gibt ihnen zu manchem Nachdenken Anlaß, und so ist überrhein gerade ein solches Ehepaar, wie du es, nur übertrieben und märchenhaft, schilderst. Er gerade so groß, derb und plump, sie niedlich und zierlich genug, daß er sie wohl auf der Hand tragen könnte. Ihr übriges Verhältnis, ihre Geschichte paßt ebenfalls so genau zu deiner Erzählung, daß die Mädchen mich ernstlich fragten, ob du die Personen kenntest und sie schalkhaft dargestellt hättest? Ich versicherte ›nein!‹, und du wirst wohl tun, das Märchen ungeschrieben zu lassen. Durch Zögern und Vorwände wollen wir schon eine Entschuldigung finden.«

Ich verwunderte mich sehr: denn ich hatte weder an ein diesrheinisches noch an ein überrheinisches Paar gedacht, ja ich hätte gar nicht anzugeben gewußt, wie ich auf den Einfall gekommen. In Gedanken mochte ich mich gern mit solchen Späßen, ohne weitere Beziehung, beschäftigen, und so, glaubte ich, sollte es auch andern sein, wenn ich sie erzählte.

Als ich in der Stadt wieder an meine Geschäfte kam, fühlte ich die Beschwerlichkeit derselben mehr als sonst: denn der zur Tätigkeit geborene Mensch übernimmt sich in Planen und überladet sich mit Arbeiten. Das gelingt denn auch ganz gut, bis irgend ein physisches oder moralisches Hindernis dazutritt, um das Unverhältnismäßige der Kräfte zu dem Unternehmen ins klare zu bringen.

Das Juristische trieb ich mit so viel Fleiß, als nötig war, um die Promotion mit einigen Ehren zu absolvieren; das Medizinische reizte mich, weil es mir die Natur nach allen Seiten, wo nicht aufschloß, doch gewahr werden ließ, und ich war daran durch Umgang und Gewohnheit gebunden; der Gesellschaft mußte ich auch einige Zeit und Aufmerksamkeit widmen: denn in manchen Familien war mir mehreres zu Lieb und zu Ehren geschehn. Aber alles dies wäre zu tragen und fortzuführen gewesen, hätte nicht das, was Herder mir auferlegt, unendlich auf mir gelastet. Er hatte den Vorhang zerrissen, der mir die Armut der deutschen Literatur bedeckte; er hatte mir so manches Vorurteil mit Grausamkeit zerstört; an dem vaterländischen Himmel blieben nur wenige bedeutende Sterne, indem er die übrigen alle nur als vorüberfahrende Schnuppen behandelte; ja, was ich von mir selbst hoffen und wähnen konnte, hatte er mir dermaßen verkümmert, daß ich an meinen eignen Fähigkeiten zu verzweifeln anfing. Zu gleicher Zeit jedoch riß er mich fort auf den herrlichen breiten Weg, den er selbst zu durchwandern geneigt war, machte mich aufmerksam auf seine Lieblingsschriftsteller, unter denen Swift und Hamann obenan standen, und schüttelte mich kräftiger auf, als er mich gebeugt hatte. Zu dieser vielfachen Verwirrung nunmehr eine angehende Leidenschaft, die, indem sie mich zu verschlingen drohte, zwar von jenen Zuständen mich abziehn, aber wohl schwerlich darüber erheben konnte. Dazu kam noch ein körperliches Übel, daß mir nämlich nach Tische die Kehle wie zugeschnürt war; welches ich erst später sehr leicht los wurde, als ich einem roten Wein, den wir in der Pension gewöhnlich und sehr gern tranken, entsagte. Diese unerträgliche Unbequemlichkeit hatte mich auch in Sesenheim verlassen, so daß ich mich dort doppelt vergnügt befand; als ich aber zu meiner städtischen Diät zurückkehrte, stellte sie sich zu meinem großen Verdruß sogleich wieder ein. Alles dies machte mich nachdenklich und mürrisch, und mein Äußeres mochte mit dem Innern übereinstimmen.

Verdrießlicher als jemals, weil eben nach Tische jenes Übel sich heftig eingefunden hatte, wohnte ich dem Klinikum bei. Die große Heiterkeit und Behaglichkeit, womit der verehrte Lehrer uns von Bett zu Bett führte, die genaue Bemerkung bedeutender Symptome, die Beurteilung des Gangs der Krankheit überhaupt, die schöne hippokratische Verfahrungsart, wodurch sich, ohne Theorie, aus einer eignen Erfahrung, die Gestalten des Wissens heraufgaben, die Schlußreden, mit denen er gewöhnlich seine Stunden zu krönen pflegte, das alles zog mich zu ihm und machte mir ein fremdes Fach, in das ich nur wie durch eine Ritze hineinsah, um desto reizender und lieber. Mein Abscheu gegen die Kranken nahm immer mehr ab, jemehr ich diese Zustände in Begriffe verwandeln lernte, durch welche die Heilung, die Wiederherstellung menschlicher Gestalt und Wesens als möglich erschien. Er mochte mich wohl, als einen seltsamen jungen Menschen, besonders ins Auge gefaßt und mir die wunderliche Anomalie, die mich zu seinen Stunden hinführte, verziehn haben. Diesmal schloß er seinen Vortrag nicht, wie sonst, mit einer Lehre, die sich auf irgend eine beobachtete Krankheit bezogen hätte, sondern sagte mit Heiterkeit: »Meine Herren! wir sehen einige Ferien vor uns. Benutzen sie dieselben, sich aufzumuntern; die Studien wollen nicht allein ernst und fleißig, sie wollen auch heiter und mit Geistesfreiheit behandelt werden. Geben sie Ihrem Körper Bewegung, durchwandern sie zu Fuß und zu Pferde das schöne Land; der Einheimische wird sich an dem Gewohnten erfreuen, und dem Fremden wird es neue Eindrücke geben und eine angenehme Erinnerung zurücklassen.«

Es waren unser eigentlich nur zwei, an welche diese Ermahnung gerichtet sein konnte; möge dem andern dieses Rezept ebenso eingeleuchtet haben als mir! Ich glaubte, eine Stimme vom Himmel zu hören, und eilte was ich konnte, ein Pferd zu bestellen und mich sauber herauszuputzen. Ich schickte nach Weyland, er war nicht zu finden. Dies hielt meinen Entschluß nicht auf, aber leider verzogen sich die Anstalten, und ich kam nicht so früh weg, als ich gehofft hatte. So stark ich auch ritt, überfiel mich doch die Nacht. Der Weg war nicht zu verfehlen, und der Mond beleuchtete mein leidenschaftliches Unternehmen. Die Nacht war windig und schauerlich, ich sprengte zu, um nicht bis morgen früh auf ihren Anblick warten zu müssen.

Es war schon spät, als ich in Sesenheim mein Pferd einstellte. Der Wirt, auf meine Frage, ob wohl in der Pfarre noch Licht sei, versicherte mich, die Frauenzimmer seien eben erst nach Hause gegangen; er glaube gehört zu haben, daß sie noch einen Fremden erwarteten. Das war mir nicht recht; denn ich hätte gewünscht, der einzige zu sein. Ich eilte nach, um wenigstens, so spät noch, als der erste zu erscheinen. Ich fand die beiden Schwestern vor der Türe sitzend; sie schienen nicht sehr verwundert, aber ich war es, als Friedrike Olivien ins Ohr sagte, so jedoch, daß ich's hörte: »Hab ich's nicht gesagt? da ist er!« Sie führten mich ins Zimmer, und ich fand eine kleine Kollation aufgestellt. Die Mutter begrüßte mich als einen alten Bekannten; wie mich aber die

Ältere bei Licht besah, brach sie in ein lautes Gelächter aus: denn sie konnte wenig an sich halten.

Nach diesem ersten, etwas wunderlichen Empfang ward sogleich die Unterredung frei und heiter, und was mir diesen Abend verborgen blieb, erfuhr ich den andern Morgen. Friedrike hatte vorausgesagt, daß ich kommen würde; und wer fühlt nicht einiges Behagen beim Eintreffen einer Ahndung, selbst einer traurigen? Alle Vorgefühle, wenn sie durch das Ereignis bestätigt werden, geben dem Menschen einen höheren Begriff von sich selbst, es sei nun, daß er sich so zart fühlend glauben kann, um einen Bezug in der Ferne zu tasten, oder so scharfsinnig, um notwendige, aber doch ungewisse Verknüpfungen gewahr zu werden. – Oliviens Lachen blieb auch kein Geheimnis; sie gestand, daß es ihr sehr lustig vorgekommen, mich diesmal geputzt und wohl ausstaffiert zu sehn; Friedrike hingegen fand es vorteilhaft, eine solche Erscheinung mir nicht als Eitelkeit auszulegen, vielmehr den Wunsch, ihr zu gefallen, darin zu erblicken.

Früh bei Zeiten rief mich Friedrike zum Spazierengehn; Mutter und Schwester waren beschäftigt, alles zum Empfang mehrerer Gäste vorzubereiten. Ich genoß an der Seite des lieben Mädchens der herrlichen Sonntagsfrühe auf dem Lande, wie sie uns der unschätzbare Hebel vergegenwärtigt hat. Sie schilderte mir die erwartete Gesellschaft und bat mich, ihr beizustehn, daß alle Vergnügungen wo möglich gemeinsam und in einer gewissen Ordnung möchten genossen werden. »Gewöhnlich«, sagte sie, »zerstreut man sich einzeln, Scherz und Spiel wird nur obenhin gekostet, so daß zuletzt für den einen Teil nichts übrig bleibt, als die Karten zu ergreifen, und für den andern, im Tanze sich auszurasen.«

Wir entwarfen demnach unsern Plan, was vor und nach

Tische geschehn sollte, machten einander wechselseitig mit neuen geselligen Spielen bekannt, waren einig und vergnügt, als uns die Glocke nach der Kirche rief, wo ich denn, an ihrer Seite, eine etwas trockene Predigt des Vaters nicht zu lang fand.

Zeitverkürzend ist immer die Nähe der Geliebten, doch verging mir diese Stunde auch unter besonderem Nachdenken. Ich wiederholte mir die Vorzüge, die sie soeben aufs freiste vor mir entwickelte: besonnene Heiterkeit, Naivetät mit Bewußtsein, Frohsinn mit Voraussehn; Eigenschaften, die unverträglich scheinen, die sich aber bei ihr zusammenfanden und ihr Äußeres gar hold bezeichneten. Nun hatte ich aber auch ernstere Betrachtungen über mich selbst anzustellen, die einer freien Heiterkeit eher Eintrag taten.

Seitdem jenes leidenschaftliche Mädchen meine Lippen verwünscht und geheiligt (denn jede Weihe enthält ja beides), hatte ich mich, abergläubisch genug, in acht genommen, irgend ein Mädchen zu küssen, weil ich solches auf eine unerhörte geistige Weise zu beschädigen fürchtete. Ich überwand daher jede Lüsternheit, durch die sich der Jüngling gedrungen fühlt, diese viel oder wenig sagende Gunst einem reizenden Mädchen abzugewinnen. Aber selbst in der sittigsten Gesellschaft erwartete mich eine lästige Prüfung. Eben jene mehr oder minder geistreichen sogenannten kleinen Spiele, durch welche ein munterer jugendlicher Kreis gesammelt und vereinigt wird, sind großenteils auf Pfänder gegründet, bei deren Einforderung die Küsse keinen unbedeutenden Lösewert haben. Ich hatte mir nun ein für allemal vorgenommen, nicht zu küssen, und wie uns irgend ein Mangel oder Hindernis zu Tätigkeiten aufregt, zu denen man sich sonst nicht hingeneigt hätte, so bot ich alles auf, was an mir von Talent und Humor war, mich durchzuwinden und dabei vor der Gesellschaft und für die Gesellschaft eher zu gewinnen als zu verlieren. Wenn zu Einlösung eines Pfandes ein Vers verlangt werden sollte, so richtete man die Forderung meist an mich. Nun war ich immer vorbereitet und wußte bei solcher Gelegenheit etwas zum Lobe der Wirtin oder eines Frauenzimmers, die sich am artigsten gegen mich erwiesen hatte, vorzubringen. Traf es sich, daß mir allenfalls ein Kuß auferlegt wurde, so suchte ich mich mit einer Wendung herauszuziehn, mit der man gleichfalls zufrieden war; und da ich Zeit gehabt hatte, vorher darüber nachzudenken, so fehlte es mir nicht an mannigfaltigen Zierlichkeiten; doch gelangen die aus dem Stegreife immer am besten.

Als wir nach Hause kamen, schwirrten die von mehreren Seiten angekommenen Gäste schon lustig durch einander, bis Friedrike sie sammelte und zu einem Spaziergang nach jenem schönen Platze lud und führte. Dort fand man eine reichliche Kollation und wollte mit geselligen Spielen die Stunde des Mittagessens erwarten. Hier wußte ich, in Einstimmung mit Friedriken, ob sie gleich mein Geheimnis nicht ahndete, Spiele ohne Pfänder, und Pfänderlösungen ohne Küsse zu bereiten und durchzuführen.

Meine Kunstfertigkeit und Gewandtheit war um so nötiger, als die mir sonst ganz fremde Gesellschaft geschwind ein Verhältnis zwischen mir und dem lieben Mädchen mochte geahndet haben, und sich nun schalkhaft alle Mühe gab, mir dasjenige aufzudringen, was ich heimlich zu vermeiden suchte. Denn bemerkt man in solchen Zirkeln eine angehende Neigung junger Personen, so sucht man sie verlegen zu machen oder näher zusammenzubringen, ebenso wie man in der Folge, wenn sich eine Leidenschaft erklärt hat, bemüht ist, sie wieder auseinander zu ziehen; wie es denn dem geselligen Menschen ganz gleichgültig ist, ob er nutzt oder schadet, wenn er nur unterhalten wird.

Ich konnte mit einiger Aufmerksamkeit an diesem Morgen Friedrikens ganzes Wesen gewahr werden, dergestalt, daß sie mir für die ganze Zeit immer dieselbe blieb. Schon die freundlichen, vorzüglich an sie gerichteten Grüße der Bauern gaben zu verstehn, daß sie ihnen wohltätig sei und ihr Behagen errege. Zu Hause stand die Ältere der Mutter bei; alles, was körperliche Anstrengung erforderte, ward nicht von Friedriken verlangt, man schonte sie, wie man sagte, ihrer Brust wegen.

Es gibt Frauenspersonen, die uns im Zimmer besonders wohl gefallen, andere, die sich besser im Freien ausnehmen; Friedrike gehörte zu den letztern. Ihr Wesen, ihre Gestalt trat niemals reizender hervor, als wenn sie sich auf einem erhöhten Fußpfad hinbewegte; die Anmut ihres Betragens schien mit der beblümten Erde, und die unverwüstliche Heiterkeit ihres Antlitzes mit dem blauen Himmel zu wetteifern. Diesen erquicklichen Äther, der sie umgab, brachte sie auch mit nach Hause, und es ließ sich bald bemerken, daß sie Verwirrungen auszugleichen und die Eindrücke kleiner unangenehmer Zufälligkeiten leicht wegzulöschen verstand.

Die reinste Freude, die man an einer geliebten Person finden kann, ist die, zu sehen, daß sie andere erfreut. Friedrikens Betragen in der Gesellschaft war allgemein wohltätig. Auf Spaziergängen schwebte sie, ein belebender Geist, hin und wider, und wußte die Lücken auszufüllen, welche hier und da entstehn mochten. Die Leichtigkeit ihrer Bewegungen haben wir schon gerühmt, und am allerzierlichsten war sie, wenn sie lief. So wie das Reh seine Bestimmung ganz zu erfüllen scheint, wenn es leicht über die keimenden Saaten wegfliegt, so schien auch sie ihre Art und Weise am deutlichsten auszudrücken, wenn sie, etwas Vergessenes zu holen, etwas Verlorenes zu suchen, ein entferntes Paar herbeizurufen, etwas Notwendiges zu bestellen, über Rain und Matten leichten Laufes hineilte. Dabei kam sie niemals außer Atem und blieb völlig im Gleichgewicht; daher mußte die allzu große Sorge der Eltern für ihre Brust manchem übertrieben scheinen.

Der Vater, der uns manchmal durch Wiesen und Felder begleitete, war öfters nicht günstig gepaart. Ich gesellte mich deshalb zu ihm, und er verfehlte nicht, sein Lieblingsthema wieder anzustimmen und mich von dem vorgeschlagenen Bau des Pfarrhauses umständlich zu unterhalten. Er beklagte sich besonders, daß er die sorgfältig gefertigten Risse nicht wieder erhalten könne, um darüber nachzudenken und eine und die andere Verbesserung zu überlegen. Ich erwiderte darauf, es sei leicht, sie zu ersetzen, und erbot mich zur Fertigung eines Grundrisses, auf welchen doch vorerst alles ankomme. Er war es wohl zufrieden, und bei der nötigen Ausmessung sollte der Schulmeister an Hand gehen, welchen aufzuregen er denn auch sogleich forteilte, damit ja der Fuß- und Zollstab morgen früh bereit wäre.

Als er hinweggegangen war, sagte Friedrike: »Sie sind recht gut, die schwache Seite des lieben Vaters zu hegen, und nicht wie die andern, die dieses Gespräch schon überdrüssig sind, ihn zu meiden oder davon abzubrechen. Freilich muß ich Ihnen bekennen, daß wir übrigen den Bau nicht wünschen; er würde der Gemeine zu hoch zu stehn kommen und uns auch. Neues Haus, neues Hausgeräte! Unsern Gästen würde es bei uns nicht wohler sein, sie sind nun einmal das alte Gebäude gewohnt. Hier können wir sie reichlich bewirten, dort fänden wir uns in einem weitern Raume beengt. So steht die Sache; aber unterlassen Sie nicht, gefällig zu sein, ich danke es Ihnen von Herzen.«

Ein anderes Frauenzimmer, das sich zu uns gesellte, fragte nach einigen Romanen, ob Friedrike solche gelesen habe. Sie verneinte es; denn sie hatte überhaupt wenig gelesen; sie war in einem heitern sittlichen Lebensgenuß aufgewachsen und demgemäß gebildet. Ich hatte den »Wakefield« auf der Zunge, allein ich wagte nicht, ihr ihn anzubieten; die Ähnlichkeit der Zustände war zu auffallend und zu bedeutend. – »Ich lese sehr gern Romane«, sagte sie; »man findet darin so hübsche Leute, denen man wohl ähnlich sehen möchte.«

Die Ausmessung des Hauses geschah des andern Morgens. Sie ging ziemlich langsam vonstatten, da ich in solchen Künsten so wenig gewandt war als der Schulmeister. Endlich kam ein leidlicher Entwurf zustande. Der Vater sagte mir seine Absicht und war nicht unzufrieden, als ich Urlaub nahm, um den Riß in der Stadt mit mehr Bequemlichkeit zu verfertigen. Friedrike entließ mich froh; sie war von meiner Neigung überzeugt, wie ich von der ihrigen, und die sechs Stunden schienen keine Entfernung mehr. Es war so leicht, mit der Diligence nach Drusenheim zu fahren und sich durch dieses Fuhrwerk sowie durch ordentliche und außerordentliche Boten in Verbindung zu erhalten, wobei Georges den Spediteur machen sollte.

In der Stadt angelangt, beschäftigte ich mich in den frühesten Stunden – denn an langen Schlaf war nicht mehr zu denken – mit dem Risse, den ich so sauber als möglich zeichnete. Indessen hatte ich ihr Bücher geschickt und ein kurzes freundliches Wort dazu geschrieben. Ich erhielt sogleich Antwort und erfreute mich ihrer leichten, hübschen, herzlichen Hand. Ebenso war Inhalt und Stil natürlich, gut, liebevoll, von innen heraus, und so wurde der angenehme

Eindruck, den sie auf mich gemacht, immer erhalten und erneuert. Ich wiederholte mir die Vorzüge ihres holden Wesens nur gar zu gern und nährte die Hoffnung, sie bald und auf längere Zeit wiederzusehn.

Es bedurfte nun nicht mehr eines Zurufs von Seiten des braven Lehrers; er hatte mich durch jene Worte zur rechten Zeit so aus dem Grunde kuriert, daß ich ihn und seine Kranken nicht leicht wiederzusehen Lust hatte. Der Briefwechsel mit Friedriken wurde lebhafter. Sie lud mich ein zu einem Feste, wozu auch überrheinische Freunde kommen würden; ich sollte mich auf längere Zeit einrichten. Ich tat es, indem ich einen tüchtigen Mantelsack auf die Diligence packte; und in wenig Stunden befand ich mich in ihrer Nähe. Ich traf eine große und lustige Gesellschaft, nahm den Vater beiseite, überreichte ihm den Riß, über den er große Freude bezeigte; ich besprach mit ihm, was ich bei der Ausarbeitung gedacht hatte; er war außer sich vor Vergnügen, besonders lobte er die Reinlichkeit der Zeichnung: die hatte ich von Jugend auf geübt und mir diesmal auf dem schönsten Papier noch besondere Mühe gegeben. Allein dieses Vergnügen wurde unserm guten Wirte gar bald verkümmert, da er, gegen meinen Rat, in der Freude seines Herzens, den Riß der Gesellschaft vorlegte. Weit entfernt, daran die erwünschte Teilnahme zu äußern, achteten die einen diese köstliche Arbeit gar nicht; andere, die etwas von der Sache zu verstehn glaubten, machten es noch schlimmer: sie tadelten den Entwurf als nicht kunstgerecht, und als der Alte einen Augenblick nicht aufmerkte, handhaben sie diese saubern Blätter als Brouillons, und einer zog mit harten Bleistiftstrichen seine Verbesserungsvorschläge dergestalt derb über das zarte Papier, daß an Wiederherstellung der ersten Reinheit nicht zu denken war.

Den höchst verdrießlichen Mann, dem sein Vergnügen so schmählich vereitelt worden, vermochte ich kaum zu trösten, So sehr ich ihm auch versicherte, daß ich sie selbst nur für Entwürfe gehalten, worüber wir sprechen und neue Zeichnungen darauf bauen wollten. Er ging dem allen ungeachtet höchst verdrießlich weg, und Friedrike dankte mir für die Aufmerksamkeit gegen den Vater ebensosehr als für die Geduld bei der Unart der Mitgäste.

Ich aber kannte keinen Schmerz noch Verdruß in ihrer Nähe. Die Gesellschaft bestand aus jungen, ziemlich lärmenden Freunden, die ein alter Herr noch zu überbieten trachtete und noch wunderlicheres Zeug angab, als sie ausübten. Man hatte schon beim Frühstück den Wein nicht gespart; bei einem sehr wohl besetzten Mittagstische ließ man sich's an keinem Genuß ermangeln, und allen schmeckte es, nach der angreifenden Leibesübung bei ziemlicher Wärme, um so besser, und wenn der alte Amtmann des Guten ein wenig zu viel getan hatte, so war die Jugend nicht weit hinter ihm zurückgeblieben.

Ich war grenzenlos glücklich an Friedrikens Seite; gesprächig, lustig, geistreich, vorlaut, und doch durch Gefühl, Achtung und Anhänglichkeit gemäßigt. Sie in gleichem Falle, offen, heiter, teilnehmend und mitteilend. Wir schienen allein für die Gesellschaft zu leben und lebten bloß wechselseitig für uns.

Nach Tische suchte man den Schatten, gesellschaftliche Spiele wurden vorgenommen, und Pfänderspiele kamen an die Reihe. Bei Lösung der Pfänder ging alles jeder Art ins Übertriebene: Gebärden, die man verlangte, Handlungen, die man ausüben, Aufgaben, die man lösen sollte, alles zeigte von einer verwegenen Lust, die keine Grenzen kennt. Ich selbst steigerte diese wilden Scherze durch manchen

Schwank, Friedrike glänzte durch manchen neckischen Einfall; sie erschien mir lieblicher als je; alle hypochondrischen abergläubischen Grillen waren mir verschwunden, und als sich die Gelegenheit gab, meine so zärtlich Geliebte recht herzlich zu küssen, versäumte ich's nicht, und noch weniger versagte ich mir die Wiederholung dieser Freude.

Die Hoffnung der Gesellschaft auf Musik wurde endlich befriedigt, sie ließ sich hören, und alles eilte zum Tanz. Die Allemanden, das Walzen und Drehen war Anfang, Mittel und Ende. Alle waren zu diesem Nationaltanz aufgewachsen; auch ich machte meinen geheimen Lehrmeisterinnen Ehre genug, und Friedrike, welche tanzte, wie sie ging, sprang und lief, war sehr erfreut, an mir einen geübten Partner zu finden. Wir hielten meist zusammmen, mußten aber bald Schicht machen, weil man ihr von allen Seiten zuredete, nicht weiter fortzurasen. Wir entschädigten uns durch einen einsamen Spaziergang Hand in Hand und an jenem stillen Platze durch die herzlichste Umarmung und die treulichste Versicherung, daß wir uns von Grund aus liebten.

Ältere Personen, die vom Spiel aufgestanden waren, zogen uns mit sich fort. Bei der Abendkollation kam man ebenso wenig zu sich selbst; es ward bis tief in die Nacht getanzt, und an Gesundheiten sowie an andern Aufmunterungen zum Trinken fehlte es so wenig als am Mittag.

Ich hatte kaum einige Stunden sehr tief geschlafen, als ein erhitztes und in Aufruhr gebrachtes Blut mich aufweckte. In solchen Stunden und Lagen ist es, wo die Sorge, die Reue den wehrlos hingestreckten Menschen zu überfallen pflegen. Meine Einbildungskraft stellte mir zugleich die lebhaftesten Bilder dar; ich sehe Lucinden, wie sie, nach dem heftigen Kusse, leidenschaftlich von mir zurücktritt, mit glühender Wange, mit funkelnden Augen jene Verwünschung ausspricht, wodurch nur ihre Schwester bedroht werden soll und wodurch sie unwissend fremde Schuldlose bedroht. Ich sehe Friedriken gegen ihr über stehn, erstarrt vor dem Anblick, bleich und die Folgen jener Verwünschung fühlend, von der sie nichts weiß. Ich finde mich in der Mitte, so wenig imstande die geistigen Wirkungen jenes Abenteuers abzulehnen als jenen Unglück weissagenden Kuß zu vermeiden. Die zarte Gesundheit Friedrikens schien den gedrohten Unfall zu beschleunigen, und nun kam mir ihre Liebe zu mir recht unselig vor; ich wünschte, über alle Berge zu sein.

Was aber noch Schmerzlicheres für mich im Hintergrunde lag, will ich nicht verhehlen. Ein gewisser Dünkel unterhielt bei mir jenen Aberglauben; meine Lippen – geweiht oder verwünscht – kamen mir bedeutender vor als sonst, und mit nicht geringer Selbstgefälligkeit war ich mir meines enthaltsamen Betragens bewußt, indem ich mir manche unschuldige Freude versagte, teils um jenen magischen Vorzug zu bewahren, teils um ein harmloses Wesen nicht zu verletzen, wenn ich ihn aufgäbe.

Nunmehr aber war alles verloren und unwiederbringlich; ich war in einen gemeinen Zustand zurückgekehrt, ich glaubte, das liebste Wesen verletzt, ihr unwiederbringlich geschadet zu haben; und so war jene Verwünschung, anstatt daß ich sie hätte los werden sollen, von meinen Lippen in mein eignes Herz zurückgeschlagen.

Das alles raste zusammen in meinem durch Liebe und Leidenschaft, Wein und Tanz aufgeregten Blute, verwirrte mein Denken, peinigte mein Gefühl, so daß ich, besonders im Gegensatz mit den gestrigen behaglichen Freuden, mich in einer Verzweiflung fühlte, die ohne Grenzen schien. Glücklicherweise blickte durch eine Spalte im Laden das Tagslicht mich an, und alle Mächte der Nacht überwindend, stellte mich die hervortretende Sonne wieder auf meine Füße; ich war bald im Freien und schnell erquickt, wo nicht hergestellt.

Der Aberglaube, sowie manches andre Wähnen, verliert sehr leicht an seiner Gewalt, wenn er, statt unserer Eitelkeit zu schmeicheln, ihr in den Weg tritt und diesem zarten Wesen eine böse Stunde machen will; wir sehen alsdann recht gut, daß wir ihn loswerden können, sobald wir wollen; wir entsagen ihm um so leichter, je mehr alles, was wir ihm entziehn, zu unserm Vorteil gereicht. Der Anblick Friedrikens, das Gefühl ihrer Liebe, die Heiterkeit der Umgebung, alles machte mir Vorwürfe, daß ich in der Mitte der glücklichsten Tage so traurige Nachtvögel bei mir beherbergen mögen; ich glaubte sie auf ewig verscheucht zu haben. Des lieben Mädchens immer mehr annäherndes zutrauliches Betragen machte mich durch und durch froh, und ich fand mich recht glücklich, daß sie mir diesmal beim Abschied öffentlich, wie andern Freunden und Verwandten, einen Kuß gab.

In der Stadt erwarteten mich gar manche Geschäfte und Zerstreuungen, aus denen ich mich oft, durch einen jetzt regelmäßig eingeleiteten Briefwechsel mit meiner Geliebten, zu ihr sammelte. Auch in Briefen blieb sie immer dieselbe; sie mochte etwas Neues erzählen, oder auf bekannte Begebenheiten anspielen, leicht schildern, vorübergehend reflektieren, immer war es, als wenn sie auch mit der Feder gehend, kommend, laufend, springend so leicht aufträte als sicher. Auch ich schrieb sehr gern an sie: denn die Vergegenwärtigung ihrer Vorzüge vermehrte meine Neigung auch in der Abwesenheit, so daß diese Unterhaltung einer persönlichen wenig nachgab, ja in der Folge mir sogar angenehmer, teurer wurde.

Denn jener Aberglaube hatte völlig weichen müssen. Er gründete sich zwar auf Eindrücke früherer Jahre, allein der Geist des Tags, das Rasche der Jugend, der Umgang mit kalten, verständigen Männern, alles war ihm ungünstig, so daß sich nicht leicht jemand in meiner ganzen Umgebung gefunden hätte, dem nicht ein Bekenntnis meiner Grille vollkommen lächerlich gewesen wäre. Allein das Schlimmste war, daß jener Wahn, indem er floh, eine wahre Betrachtung über den Zustand zurückließ, in welchem sich immer junge Leute befinden, deren frühzeitige Neigungen sich keinen dauerhaften Erfolg versprechen dürfen. So wenig war mir geholfen, den Irrtum los zu sein, daß Verstand und Überlegung mir nur noch schlimmer in diesem Falle mitspielten. Meine Leidenschaft wuchs, je mehr ich den Wert des trefflichen Mädchens kennen lernte, und die Zeit rückte heran, da ich so viel Liebes und Gutes, vielleicht auf immer, verlieren sollte.

Wir hatten eine Zeitlang zusammen still und anmutig fortgelebt, als Freund Weyland die Schalkheit beging, den »Landpriester von Wakefield« nach Sesenheim mitzubringen und mir ihn, da vom Vorlesen die Rede war, unvermutet zu überreichen, als hätte es weiter gar nichts zu sagen. Ich wußte mich zu fassen und las so heiter und freimütig, als ich nur konnte. Auch die Gesichter meiner Zuhörer erheiterten sich sogleich, und es schien ihnen gar nicht unangenehm, abermals zu einer Vergleichung genötigt zu sein. Hatten sie zu Raymond und Melusine komische Gegenbilder gefunden, so erblickten sie hier sich selbst in einem Spiegel, der keineswegs verhäßlichte. Man gestand sich's nicht ausdrücklich, aber man verleugnete es nicht, daß man sich unter Geistes- und Gefühlsverwandten bewege.

Alle Menschen guter Art empfinden bei zunehmender

Bildung, daß sie auf der Welt eine doppelte Rolle zu spielen haben, eine wirkliche und eine ideelle, und in diesem Gefühl ist der Grund alles Edlen aufzusuchen. Was uns für eine wirkliche zugeteilt sei, erfahren wir nur allzu deutlich; was die zweite betrifft, darüber können wir selten ins klare kommen. Der Mensch mag seine höhere Bestimmung auf Erden oder im Himmel, in der Gegenwart oder in der Zukunft suchen, so bleibt er deshalb doch innerlich einem ewigen Schwanken, von außen einer immer störenden Einwirkung ausgesetzt, bis er ein für allemal den Entschluß faßt, zu erklären, das Rechte sei das, was ihm gemäß ist.

Unter die läßlichsten Versuche, sich etwas Höheres anzubilden, sich einem Höheren gleich zu stellen, gehört wohl der jugendliche Trieb, sich mit Romanenfiguren zu vergleichen. Er ist höchst unschuldig, und, was man auch dagegen eifern mag, höchst unschädlich. Er unterhält uns in Zeiten, wo wir vor Langerweile umkommen oder zu leidenschaftlicher Unterhaltung greifen müßten.

Wie oft wiederholt man nicht die Litanei vom Schaden der Romane, und was ist es denn für ein Unglück, wenn ein artiges Mädchen, ein hübscher junger Mann sich an die Stelle der Person setzt, der es besser und schlechter geht als ihm selbst? Ist denn das bürgerliche Leben so viel wert, oder verschlingen die Bedürfnisse des Tags den Menschen so ganz, daß er jede schöne Forderung von sich ablehnen soll?

So sind als kleine Nebenzweige der romantisch-poetischen Fiktionen die historisch-poetischen Taufnamen, die sich an die Stelle der heiligen, nicht selten zum Ärgernis der taufenden Geistlichen, in die deutsche Kirche eingedrungen, ohne Zweifel anzusehn. Auch dieser Trieb, sein Kind durch einen wohlklingenden Namen, wenn er auch sonst nichts weiter hinter sich hätte, zu adeln, ist löblich, und diese Verknüpfung einer eingebildeten Welt mit der wirklichen verbreitet sogar über das ganze Leben der Person einen anmutigen Schimmer. Ein schönes Kind, welches wir mit Wohlgefallen Bertha nennen, würden wir zu beleidigen glauben, wenn wir es Urselblandine nennen sollten. Gewiß, einem gebildeten Menschen, geschweige denn einem Liebhaber, würde ein solcher Name auf den Lippen stocken. Der kalt und einseitig urteilenden Welt ist nicht zu verargen, wenn sie alles, was phantastisch hervortritt, für lächerlich und verwerflich achtet; der denkende Kenner der Menschheit aber muß es nach seinem Werte zu würdigen wissen.

Für den Zustand der Liebenden an dem schönen Ufer des Rheins war diese Vergleichung, zu der sie ein Schalk genötigt hatte, von den anmutigsten Folgen. Man denkt nicht über sich, wenn man sich im Spiegel betrachtet, aber man fühlt sich und läßt sich gelten. So ist es auch mit jenen moralischen Nachbildern, an denen man seine Sitten und Neigungen, seine Gewohnheiten und Eigenheiten wie im Schattenriß erkennt und mit brüderlicher Innigkeit zu fassen und zu umarmen strebt.

Die Gewohnheit, zusammen zu sein, befestigte sich immer mehr; man wußte nicht anders, als daß ich diesem Kreis angehöre. Man ließ es geschehn und gehn, ohne gerade zu fragen, was daraus werden sollte. Und welche Eltern finden sich nicht genötigt, Töchter und Söhne in so schwebenden Zuständen eine Weile hinwalten zu lassen, bis sich etwas zufällig fürs Leben bestätigt, besser, als es ein lange angelegter Plan hätte hervorbringen können.

Man glaubte sowohl auf Friedrikens Gesinnungen als auch auf meine Rechtlichkeit, für die man, wegen jenes wunderlichen Enthaltens selbst von unschuldigen Liebkosungen, ein günstiges Vorurteil gefaßt hatte, völlig vertrauen zu können. Man ließ uns unbeobachtet, wie es überhaupt dort und damals Sitte war, und es hing von uns ab, in kleinerer oder größerer Gesellschaft, die Gegend zu durchstreifen und die Freunde der Nachbarschaft zu besuchen. Diesseits und jenseits des Rheins, in Hagenau, Fort Louis, Philippsburg, der Ortenau, fand ich die Personen zerstreut, die ich in Sesenheim vereinigt gesehn, jeden bei sich, als freundlichen Wirt, gastfrei und sogern Küche und Keller als Gärten und Weinberge, ja die ganze Gegend aufschließend. Die Rheininseln waren denn auch öfters ein Ziel unserer Wasserfahrten. Dort brachten wir ohne Barmherzigkeit die kühlen Bewohner des klaren Rheines in den Kessel, auf den Rost, in das siedende Fett, und hätten uns hier, in den traulichen Fischerhütten, vielleicht mehr als billig angesiedelt, hätten uns nicht die entsetzlichen Rheinschnaken nach einigen Stunden wieder weggetrieben. Über diese unerträgliche Störung einer der schönsten Lustpartien, wo sonst alles glückte, wo die Neigung der Liebenden mit dem guten Erfolge des Unternehmens nur zu wachsen schien, brach ich wirklich, als wir zu früh, ungeschickt und ungelegen nach Hause kamen, in Gegenwart des guten geistlichen Vaters in gotteslästerliche Reden aus und versicherte, daß diese Schnaken allein mich von dem Gedanken abbringen könnten, als habe ein guter und weiser Gott die Welt erschaffen. Der alte fromme Herr rief mich dagegen ernstlich zur Ordnung und verständigte mich, daß diese Mücken und anderes Ungeziefer erst nach dem Falle unserer ersten Eltern entstanden oder, wenn deren im Paradiese gewesen, daselbst nur angenehm gesummet und nicht gestochen hätten. Ich fühlte mich zwar sogleich besänftigt: denn ein Zorniger ist wohl zu begütigen, wenn es uns glückt, ihn zum Lächeln zu bringen; ich versicherte jedoch, es habe des Engels mit dem flammenden Schwerte gar nicht bedurft, um das sündige Ehepaar aus dem Garten zu treiben; er müsse mir vielmehr erlauben, mir vorzustellen, daß dies durch große Schnaken des Tigris und Euphrat geschehn sei. Und so hatte ich ihn wieder zum Lachen gebracht, denn der gute Mann verstand Spaß oder ließ ihn wenigstens vorübergehn.

Ernsthafter jedoch und herzerhebender war der Genuß der Tags- und Jahreszeiten in diesem herrlichen Lande. Man durfte sich nur der Gegenwart hingeben, um diese Klarheit des reinen Himmels, diesen Glanz der reichen Erde, diese lauen Abende, diese warmen Nächte an der Seite der Geliebten oder in ihrer Nähe zu genießen. Monate lang beglückten uns reine ätherische Morgen, wo der Himmel sich in seiner ganzen Pracht wies, indem er die Erde mit überflüssigem Tau getränkt hatte; und damit dieses Schauspiel nicht zu einfach werde, türmten sich oft Wolken über die entfernten Berge, bald in dieser, bald in jener Gegend. Sie standen Tage, ja Wochen lang, ohne den reinen Himmel zu trüben, und selbst die vorübergehenden Gewitter erquickten das Land und verherrlichten das Grün, das schon wieder im Sonnenschein glänzte, ehe es noch abtrocknen konnte. Der doppelte Regenbogen, zweifarbige Säume eines dunkelgrauen, beinah schwarzen himmlischen Bandstreifens waren herrlicher, farbiger, entschiedener, aber auch flüchtiger, als ich sie irgend beobachtet.

Unter diesen Umgebungen trat unversehens die Lust zu dichten, die ich lange nicht gefühlt hatte, wieder hervor. Ich legte für Friedriken manche Lieder bekannten Melodien unter. Sie hätten ein artiges Bändchen gegeben; wenige davon sind übrig geblieben, man wird sie leicht aus meinen übrigen herausfinden.

Da ich meiner wunderlichen Studien und übrigen Verhältnisse wegen doch öfters nach der Stadt zurückzukehren genötigt war, so entsprang dadurch für unsere Neigung ein
neues Leben, das uns vor allem Unangenehmen bewahrte,
was an solche kleine Liebeshändel als verdrießliche Folge
sich gewöhnlich zu schließen pflegt. Entfernt von mir arbei-
tete sie für mich und dachte auf irgend eine neue Unterhaltung, wenn ich zurückkäme; entfernt von ihr beschäftigte
ich mich für sie, um durch eine neue Gabe, einen neuen Einfall ihr wieder neu zu sein. Gemalte Bänder waren damals
eben erst Mode geworden; ich malte ihr gleich ein paar Stü-
ke und sendete sie mit einem kleinen Gedicht voraus, da ich
diesmal länger, als ich gedacht, ausbleiben mußte. Um auch
die dem Vater getane Zusage eines neuen und ausgearbeite-
ten Baurisses noch über Versprechen zu halten, beredete ich
einen jungen Bauverständigen, statt meiner zu arbeiten.
Dieser hatte so viel Lust an der Aufgabe als Gefälligkeit gegen mich und ward noch mehr durch die Hoffnung eines
guten Empfangs in einer so angenehmen Familie belebt. Er
verfertigte Grundriß, Aufriß und Durchschnitt des Hauses;
Hof und Garten war nicht vergessen; auch ein detaillierter,
aber sehr mäßiger Anschlag war hinzugefügt, um die Möglichkeit der Ausführung eines weitläuftigen und kostspieli-
gen Unternehmens als leicht und tulich vorzuspiegeln.

Diese Zeugnisse unserer freundschaftlichen Bemühungen
verschafften uns den liebreichsten Empfang; und da der
Vater sah, daß wir den besten Willen hatten, ihm zu dienen,
so trat er mit noch einem Wunsche hervor; es war der, seine
zwar hübsche, aber einfarbige Chaise mit Blumen und Zie-
raten staffiert zu sehn. Wir ließen uns bereitwillig finden.
Farben, Pinsel und sonstige Bedürfnisse wurden von den
Krämern und Apothekern der nächsten Städte herbeigeholt.

Damit es aber auch an einem Wakefieldschen Mißlingen nicht fehlen möchte, so bemerkten wir nur erst, als alles auf das fleißigste und bunteste gemalt war, daß wir einen falschen Firnis genommen hatten, der nicht trocknen wollte: Sonnenschein und Zugluft, reines und feuchtes Wetter, nichts wollte fruchten. Man mußte sich indessen eines alten Rumpelkastens bedienen, und es blieb uns nichts übrig, als die Verzierung mit mehr Mühe wieder abzureiben, als wir sie aufgemalt hatten. Die Unlust bei dieser Arbeit vergrößerte sich noch, als uns die Mädchen ums Himmelswillen baten, langsam und vorsichtig zu verfahren, um den Grund zu schonen; welcher denn doch, nach dieser Operation, zu seinem ursprünglichen Glanze nicht wieder zurückzubringen war.

Durch solche unangenehme kleine Zwischenfälligkeiten wurden wir jedoch so wenig als Doktor Primrose und seine liebenswürdige Familie in unserm heitern Leben gestört: denn es begegnete manches unerwartete Glück sowohl uns als auch Freunden und Nachbarn; Hochzeiten und Kindtaufen, Richtung eines Gebäudes, Erbschaft, Lotteriegewinn wurden wechselseitig verkündigt und mitgenossen. Wir trugen alle Freude wie ein Gemeingut zusammen und wußten sie durch Geist und Liebe zu steigern. Es war nicht das erste und letzte Mal, daß ich mich in Familien, in geselligen Kreisen befand gerade im Augenblick ihrer höchsten Blüte, und wenn ich mir schmeicheln darf, etwas zu dem Glanz solcher Epochen beigetragen zu haben, so muß ich mir dagegen vorwerfen, daß solche Zeiten uns eben deshalb schneller vorübergeeilt und früher verschwunden.

Nun sollte aber unsere Liebe noch eine sonderbare Prüfung ausstehn. Ich will es Prüfung nennen, obgleich dies nicht das rechte Wort ist. Die ländliche Familie, der ich befreundet war, hatte verwandte Häuser in der Stadt, von gutem Ansehn und Ruf und in behaglichen Vermögensumständen. Die jungen Städter waren öfters in Sesenheim. Die ältern Personen, Mütter und Tanten, weniger beweglich, hörten so mancherlei von dem dortigen Leben, von der wachsenden Anmut der Töchter, selbst von meinem Einfluß, daß sie mich erst wollten kennen lernen, und, nachdem ich sie öfters besucht und auch bei ihnen wohl empfangen war, uns auch alle einmal beisammen zu sehen verlangten, zumal als sie jenen auch eine freundliche Gegenaufnahme schuldig zu sein glaubten.

Lange ward hierüber hin und her gehandelt. Die Mutter konnte sich schwer von der Haushaltung trennen, Olivie hatte einen Abscheu vor der Stadt, in die sie nicht paßte, Friedrike keine Neigung dahin; und so verzögerte sich die Sache, bis sie endlich dadurch entschieden ward, daß es mir unmöglich fiel, innerhalb vierzehn Tagen aufs Land zu kommen, da man sich denn lieber in der Stadt und mit einigem Zwange als gar nicht sehen wollte. Und so fand ich nun meine Freundinnen, die ich nur auf ländlicher Szene zu sehen gewohnt war, deren Bild mir nur auf einem Hintergrunde von schwankenden Baumzweigen, beweglichen Bächen, nickenden Blumenwiesen und einem meilenweit freien Horizonte bisher erschien – ich sah sie nun zum ersten Mal in städtischen, zwar weiten Zimmern, aber doch in der Enge, in Bezug auf Tapeten, Spiegel, Standuhren und Porzellanpuppen.

Das Verhältnis zu dem, was man liebt, ist so entschieden, daß die Umgebung wenig sagen will; aber daß es die gehörige, natürliche, gewohnte Umgebung sei, dies verlangt das Gemüt. Bei meinem lebhaften Gefühl für alles Gegenwärtige konnte ich mich nicht gleich in den Widerspruch des Augenblicks finden. Das anständige, ruhig-edle Betragen der Mutter paßte vollkommen in diesen Kreis, sie unterschied sich nicht von den übrigen Frauen; Olivie dagegen bewies sich ungeduldig, wie ein Fisch auf dem Strande. Wie sie mich sonst in dem Garten anrief oder auf dem Felde bei Seite winkte, wenn sie mir etwas Besonderes zu sagen hatte, so tat sie auch hier, indem sie mich in eine Fenstertiefe zog; sie tat es mit Verlegenheit und ungeschickt, weil sie fühlte, daß es nicht paßte, und es doch tat. Sie hatte mir das Unwichtigste von der Welt zu sagen, nichts als was ich schon wußte: daß es ihr entsetzlich weh sei, daß sie sich an den Rhein, über den Rhein, ja in die Türkei wünsche. Friedrike hingegen war in dieser Lage höchst merkwürdig. Eigentlich genommen paßte sie auch nicht hinein; aber dies zeugte für ihren Charakter, daß sie, anstatt sich in diesen Zustand zu finden, unbewußt den Zustand nach sich modelte. Wie sie auf dem Lande mit der Gesellschaft gebarte, so tat sie es auch hier. Jeden Augenblick wußte sie zu beleben. Ohne zu beunruhigen, setzte sie alles in Bewegung und beruhigte gerade dadurch die Gesellschaft, die eigentlich nur von der Langenweile beunruhigt wird. Sie erfüllte damit vollkommen den Wunsch der städtischen Tanten, welche ja auch einmal, von ihrem Kanapee aus, Zeugen jener ländlichen Spiele und Unterhaltungen sein wollten. War dieses zur Genüge geschehn, so wurde die Garderobe, der Schmuck und was die städtischen, französisch gekleideten Nichten besonders auszeichnete, betrachtet und ohne Neid bewundert. Auch mit mir machte Friedrike sich's leicht, indem sie mich behandelte wie immer. Sie schien mir keinen andern Vorzug zu geben als den, daß sie ihr Begehren, ihre Wünsche eher an mich als an einen andern richtete und mich dadurch als ihren Diener anerkannte.

Diese Dienerschaft nahm sie einen der folgenden Tage mit Zuversicht in Anspruch, als sie mir vertraute, die Damen wünschten, mich lesen zu hören. Die Töchter des Hauses hatten viel davon erzählt: denn in Sesenheim las ich, was und wann man's verlangte. Ich war sogleich bereit, nur bat ich um Ruhe und Aufmerksamkeit auf mehrere Stunden. Dies ging man ein, und ich las an einem Abend den ganzen »Hamlet« ununterbrochen, in den Sinn des Stücks eindringend, wie ich es nur vermochte, mit Lebhaftigkeit und Leidenschaft mich ausdrückend, wie es der Jugend gegeben ist. Ich erntete großen Beifall. Friedrike hatte von Zeit zu Zeit tief geatmet und ihre Wangen eine fliegende Röte überzogen. Diese beiden Symptome eines bewegten zärtlichen Herzens, bei scheinbarer Heiterkeit und Ruhe von außen, waren mir nicht unbekannt und der einzige Lohn, nach dem ich strebte. Sie sammelte den Dank, daß sie mich veranlaßt hatte, mit Freuden ein, und versagte sich, nach ihrer zierlichen Weise, den kleinen Stolz nicht, in mir und durch mich geglänzt zu haben.

Dieser Stadtbesuch sollte nicht lange dauern, aber die Abreise verzögerte sich. Friedrike tat das Ihrige zur geselligen Unterhaltung, ich ließ es auch nicht fehlen; aber die reichen Hülfsquellen, die auf dem Lande so ergiebig sind, versiegten bald in der Stadt, und der Zustand ward um so peinlicher, als die Ältere nach und nach ganz aus der Fassung kam. Die beiden Schwestern waren die einzigen in der Gesellschaft, welche sich deutsch trugen. Friedrike hatte sich niemals anders gedacht und glaubte überall so recht zu sein, sie verglich sich nicht; aber Olivien war es ganz unerträglich, so mägdehaft ausgezeichnet in dieser vornehm erscheinenden Gesellschaft einherzugehn. Auf dem Lande bemerkte sie kaum die städtische Tracht an andern, sie verlangte sie nicht; in der

Stadt konnte sie die ländliche nicht ertragen. Dies alles zu dem übrigen Geschicke städtischer Frauenzimmer, zu den hundert Kleinigkeiten einer ganz entgegengesetzten Umgebung wühlte einige Tage so in dem leidenschaftlichen Busen, daß ich alle schmeichelnde Aufmerksamkeit auf sie zu wenden hatte, um sie, nach dem Wunsche Friedrikens, zu begütigen. Ich fürchtete eine leidenschaftliche Szene. Ich sah den Augenblick, da sie sich mir zu Füßen werfen und mich bei allem Heiligen beschwören werde, sie aus diesem Zustande zu retten. Sie war himmlisch gut, wenn sie sich nach ihrer Weise behaben konnte, aber ein solcher Zwang setzte sie gleich in Mißbehagen und konnte sie zuletzt bis zur Verzweiflung treiben. Nun suchte ich zu beschleunigen, was die Mutter mit Olivien wünschte und was Friedriken nicht zuwider war. Diese im Gegensatze mit ihrer Schwester zu loben, enthielt ich mich nicht; ich sagte ihr, wie sehr ich mich freue, sie unverändert und auch in diesen Umgebungen so frei wie den Vogel auf den Zweigen zu finden. Sie war artig genug zu erwidern, daß ich ja da sei, sie wolle weder hinaus noch herein, wenn ich bei ihr wäre.

Endlich sah ich sie abfahren, und es fiel mir wie ein Stein vom Herzen: denn meine Empfindung hatte den Zustand von Friedriken und Olivien geteilt; ich war zwar nicht leidenschaftlich geängstigt wie diese, aber ich fühlte mich doch keineswegs wie jene behaglich.

»... daß meine Neigung sich schon entschieden hatte«

Die schöne Mailänderin

Castel Gandolfo, den 8. Oktober
Den letzten Posttag, meine Lieben, habt ihr keinen Brief erhalten, die Bewegung in Castello war zuletzt gar zu arg, und ich wollte doch auch zeichnen. Es war wie bei uns im Bade, und da ich in einem Hause wohnte, das immer Zuspruch hat, so mußte ich mich drein geben. Bei dieser Gelegenheit habe ich mehr Italiener gesehen als bisher in einem Jahre und bin auch mit dieser Erfahrung zufrieden.

Eine Mailänderin interessierte mich die acht Tage ihres Bleibens, sie zeichnete sich durch ihre Natürlichkeit, ihren Gemeinsinn, ihre gute Art sehr vorteilhaft vor den Römerinnen aus. Angelica war, wie sie immer ist, verständig, gut, gefällig, zuvorkommend. Man muß ihr Freund sein, man kann viel von ihr lernen, besonders arbeiten, denn es ist unglaublich, was sie alles endigt.

Diese letzten Tage war das Wetter kühl, und ich bin recht vergnügt, wieder in Rom zu sein.

Bericht vom Oktober 1787
Zu Anfang dieses Monats bei mildem, durchaus heiterem, herrlichem Wetter genossen wir eine förmliche Villeggiatur in Castel Gandolfo, wodurch wir uns denn in die Mitte dieser unvergleichlichen Gegend eingeweiht und eingebürgert sahen. Herr Jenkins, der wohlhabende englische Kunsthändler, bewohnte daselbst ein sehr stattliches Gebäude, den ehemaligen Wohnsitz des Jesuitergenerals, wo es

einer Anzahl von Freunden weder an Zimmern zu bequemer Wohnung, noch an Sälen zu heiterem Beisammensein, noch an Bogengängen zu munterem Lustwandel fehlte.

Man kann sich von einem solchen Herbstaufenthalte den besten Begriff machen, wenn man sich ihn wie den Aufenthalt an einem Badorte gedenkt. Personen ohne den mindesten Bezug aufeinander werden durch Zufall augenblicklich in die unmittelbarste Nähe versetzt. Frühstück und Mittagessen, Spaziergänge, Lustpartien, ernst- und scherzhafte Unterhaltung bewirken schnell Bekanntschaft und Vertraulichkeit; da es denn ein Wunder wäre, wenn, besonders hier, wo nicht einmal Krankheit und Kur eine Art von Diversion macht, hier im vollkommensten Müßiggange sich nicht die entschiedensten Wahlverwandtschaften zunächst hervortun sollten. Hofrat Reifenstein hatte für gut befunden, und zwar mit Recht, daß wir zeitig hinausgehen sollten, um zu unseren Spaziergängen und sonstigen artistischen Wanderungen ins Gebirg die nötige Zeit zu finden, ehe noch der Schwall der Gesellschaft sich herandrängte und uns zur Teilnahme an gemeinschaftlicher Unterhaltung aufforderte. Wir waren die ersten und versäumten nicht, uns in der Gegend, nach Anleitung des erfahrenen Führers, zweckmäßig umzusehen, und ernteten davon die schönsten Genüsse und Belehrungen.

Nach einiger Zeit sah ich eine gar hübsche römische Nachbarin, nicht weit von uns im Korso wohnend, mit ihrer Mutter heraufkommen. Sie hatten beide, seit meiner Mylordschaft, meine Begrüßungen freundlicher als sonst erwidert, doch hatte ich sie nicht angesprochen, ob ich gleich an ihnen, wenn sie abends vor der Tür saßen, öfters nah genug vorbeiging; denn ich war dem Gelübde, mich durch dergleichen Verhältnisse von meinem Hauptzwecke nicht abhalten zu lassen, vollkommen treu geblieben. Nun aber fanden wir uns auf einmal wie völlig alte Bekannte; jenes Konzert gab Stoff genug zur ersten Unterhaltung, und es ist wohl nichts angenehmer als eine Römerin der Art, die sich in natürlichem Gespräch heiter gehen läßt und ein lebhaftes, auf die reine Wirklichkeit gerichtetes Aufmerken, eine Teilnahme mit anmutigem Bezug auf sich selbst in der wohlklingenden römischen Sprache schnell, doch deutlich vorträgt; und zwar in einer edlen Mundart, die auch die mittlere Klasse über sich selbst erhebt und dem Allernatürlichsten, ja dem Gemeinen einen gewissen Adel verleiht. Diese Eigenschaften und Eigenheiten waren mir zwar bekannt, aber ich hatte sie noch nie in einer so einschmeichelnden Folge vernommen.

Zu gleicher Zeit stellten sie mich einer jungen Mailänderin vor, die sie mitgebracht hatten, der Schwester eines Kommis von Herrn Jenkins, eines jungen Mannes, der wegen Fertigkeit und Redlichkeit bei seinem Prinzipal in großer Gunst stand. Sie schienen genau miteinander verbunden und Freundinnen zu sein.

Diese beiden Schönen, denn schön durfte man sie wirklich nennen, standen in einem nicht schroffen, aber doch entschiedenen Gegensatz; dunkelbraune Haare die Römerin, hellbraune die Mailänderin; jene braun von Gesichtsfarbe, diese klar, von zarter Haut; diese zugleich mit fast blauen Augen, jene mit braunen; die Römerin einigermaßen ernst, zurückhaltend, die Mailänderin von einem offnen, nicht sowohl ansprechenden, als gleichsam anfragenden Wesen. Ich saß bei einer Art Lottospiel zwischen beiden Frauenzimmern und hatte mit der Römerin Kasse zusammen gemacht; im Laufe des Spiels fügte es sich nun, daß ich auch mit der Mailänderin mein Glück versuchte durch Wetten oder sonst. Genug, es entstand auch auf dieser Seite eine Art von Partnerschaft, wobei ich in meiner Unschuld nicht gleich bemerkte, daß ein solches geteiltes Interesse nicht gefiel, bis endlich nach aufgehobener Partie die Mutter, mich abseits findend, zwar höflich, aber mit wahrhaftem Matronenernst dem werten Fremden versicherte, daß, da er einmal mit ihrer Tochter in solche Teilnahme gekommen sei, es sich nicht wohl zieme, mit einer andern gleiche Verbindlichkeiten einzugehen; man halte es in einer Villeggiatur für Sitte, daß Personen, die sich einmal auf einen gewissen Grad verbunden, dabei in der Gesellschaft verharrten und eine unschuldig anmutige Wechselgefälligkeit durchführten. Ich entschuldigte mich aufs beste, jedoch mit der Wendung, daß es einem Fremden nicht wohl möglich sei, dergleichen Verpflichtungen anzuerkennen, indem es in unsern Landen herkömmlich sei, daß man den sämtlichen Damen der Gesellschaft, einer wie der andern, mit und nach der andern sich dienstlich und höflich erweise und daß dieses hier um desto mehr gelten werde, da von zwei so eng verbundenen Freundinnen die Rede sei.

Aber leider! indessen ich mich so auszureden suchte, empfand ich auf die wundersamste Weise, daß meine Neigung für die Mailänderin sich schon entschieden hatte, blitzschnell und eindringlich genug, wie es einem müßigen Herzen zu gehen pflegt, das in selbstgefälligem, ruhigem Zutrauen nichts befürchtet, nichts wünscht und das nun auf einmal dem Wünschenswertesten unmittelbar nahe kommt. Übersieht man doch in solchem Augenblicke die Gefahr nicht, die uns unter diesen schmeichelhaften Zügen bedroht.

Den nächsten Morgen fanden wir uns drei allein, und da vermehrte sich denn das Übergewicht auf die Seite der

Mailänderin. Sie hatte den großen Vorzug vor ihrer Freundin, daß in ihren Äußerungen etwas Strebsames zu bemerken war. Sie beklagte sich, nicht über vernachlässigte, aber allzu ängstliche Erziehung: »Man lehrt uns nicht schreiben«, sagte sie, »weil man fürchtet, wir würden die Feder zu Liebesbriefen benutzen; man würde uns nicht lesen lassen, wenn wir uns nicht mit dem Gebetbuch beschäftigen müßten; uns in fremden Sprachen zu unterrichten, daran wird niemand denken; ich gäbe alles darum, Englisch zu können. Herrn Jenkins mit meinem Bruder, Mad. Angelica, Herrn Zucchi, die Herren Volpato und Camoccini hör' ich oft sich untereinander englisch unterhalten mit einem Gefühl, das dem Neid ähnlich ist: und die ellenlangen Zeitungen da liegen vor mir auf dem Tische, es stehen Nachrichten darin aus der ganzen Welt, wie ich sehe, und ich weiß nicht, was sie bringen.«

»Es ist desto mehr schade«, versetzte ich, »da das Englische sich so leicht lernen läßt; Sie müßten es in kurzer Zeit fassen und begreifen. Machen wir gleich einen Versuch«, fuhr ich fort, indem ich eins der grenzenlosen englischen Blätter aufhob, die häufig umherlagen.

Ich blickte schnell hinein und fand einen Artikel, daß ein Frauenzimmer ins Wasser gefallen, glücklich aber gerettet und den Ihrigen wiedergegeben worden. Es fanden sich Umstände bei dem Falle, die ihn verwickelt und interessant machten, es blieb zweifelhaft, ob sie sich ins Wasser gestürzt, um den Tod zu suchen, sowie auch, welcher von ihren Verehrern, der Begünstigte oder Verschmähte, sich zu ihrer Rettung gewagt. Ich wies ihr die Stelle hin und bat sie, aufmerksam darauf zu schauen. Darauf übersetzt' ich ihr erst alle Substantiva und examinierte sie, ob sie auch ihre Bedeutung wohl behalten. Gar bald überschaute sie die Stellung dieser Haupt- und Grundworte und machte sich mit dem Platz bekannt, den sie in Perioden eingenommen hatten. Ich ging darauf zu den einwirkenden, bewegenden, bestimmenden Worten über und machte nunmehr, wie diese das Ganze belebten, auf das heiterste bemerklich und katechisierte sie so lange, bis sie mir endlich unaufgefordert die ganze Stelle, als stünde sie italienisch auf dem Papiere, vorlas, welches sie nicht ohne Bewegung ihres zierlichen Wesens leisten konnte. Ich habe nicht leicht eine so herzlichgeistige Freude gesehen, als sie ausdrückte, indem sie mir für den Einblick in dieses neue Feld einen allerliebsten Dank aussprach. Sie konnte sich kaum fassen, indem sie die Möglichkeit gewahrte, die Erfüllung ihres sehnlichsten Wunsches so nahe und schon versuchsweise erreicht zu sehen.

Die Gesellschaft hatte sich vermehrt, auch Angelica war angekommen; an einer großen gedeckten Tafel hatte man ihr mich rechter Hand gesetzt, meine Schülerin stand an der entgegengesetzten Seite des Tisches und besann sich keinen Augenblick, als die übrigen sich um die Tafelplätze komplimentierten, um den Tisch herumzugehen und sich neben mir niederzulassen. Meine ernste Nachbarin schien dies mit einiger Verwunderung zu bemerken, und es bedurfte nicht des Blicks einer klugen Frau, um zu gewahren, daß hier was vorgegangen sein müsse und daß ein zeither bis zur trockenen Unhöflichkeit von den Frauen sich entfernender Freund wohl selbst sich endlich zahm und gefangen überrascht gesehen habe.

Ich hielt zwar äußerlich noch ziemlich gut stand, eine innere Bewegung aber gab sich wohl eher kund durch eine gewisse Verlegenheit, in der ich mein Gespräch zwischen den Nachbarinnen teilte, indem ich die ältere zarte, diesmal schweigsame Freundin belebend zu unterhalten und jene, die sich immer noch in der fremden Sprache zu ergehen schien und sich in dem Zustande befand desjenigen, der mit einem Mal, von dem erwünscht aufgehenden Lichte geblendet, sich nicht gleich in der Umgebung zu finden weiß, durch eine freundlich ruhige, eher ablehnende Teilnahme zu beschwichtigen suchte.

Dieser aufgeregte Zustand jedoch hatte sogleich die Epoche einer merkwürdigen Umwälzung zu erleben. Gegen Abend die jungen Frauenzimmer aufsuchend, fand ich die älteren Frauen in einem Pavillon, wo die herrlichste der Aussichten sich darbot; ich schweifte mit meinem Blick in die Runde, aber es ging vor meinen Augen etwas anders vor als das Landschaftlich-Malerische; es hatte sich ein Ton über die Gegend gezogen, der weder dem Untergang der Sonne noch den Lüften des Abends allein zuzuschreiben war. Die glühende Beleuchtung der hohen Stellen, die kühlende blaue Beschattung der Tiefe schien herrlicher als jemals in Öl oder Aquarell; ich konnte nicht genug hinsehen, doch fühlte ich, daß ich den Platz zu verlassen Lust hatte, um in teilnehmender kleiner Gesellschaft dem letzten Blick der Sonne zu huldigen.

Doch hatte ich leider der Einladung der Mutter und Nachbarinnen nicht absagen können, mich bei ihnen niederzulassen, besonders da sie mir an dem Fenster der schönsten Aussicht Raum gemacht hatten. Als ich auf ihre Reden merkte, konnt' ich vernehmen, daß von Ausstattung die Rede sei, einem immer wiederkehrenden und nie zu erschöpfenden Gegenstande. Die Erfordernisse aller Art wurden gemustert, Zahl und Beschaffenheit der verschiedenen Gaben, Grundgeschenke der Familie, vielfache Beiträge von Freunden und Freundinnen, teilweise noch ein Geheimnis, und was nicht alles in genauer Hererzählung die schöne Zeit hinnahm, mußte von mir geduldig angehört werden, weil die Damen mich zu einem späteren Spaziergang festgenommen hatten.

Endlich gelangte denn das Gespräch zu den Verdiensten des Bräutigams, man schilderte ihn günstig genug, wollte sich aber seine Mängel nicht verbergen, in getroster Hoffnung, daß diese zu mildern und zu bessern die Anmut, der Verstand, die Liebenswürdigkeit seiner Braut im künftigen Ehstande hinreichen werde.

Ungeduldig zuletzt, als eben die Sonne sich in das entfernte Meer niedersenkte und einen unschätzbaren Blick durch die langen Schatten und die zwar gedämpften, doch mächtigen Streiflichter gewährte, fragt' ich auf das bescheidenste, wer denn aber die Braut sei. Mit Verwunderung erwiderte man mir, ob ich denn das allgemein Bekannte nicht wisse; und nun erst fiel es ihnen ein, daß ich kein Hausgenosse, sondern ein Fremder sei.

Hier ist es freilich nun nicht nötig auszusprechen, welch Entsetzen mich ergriff, als ich vernahm, es sei eben die kurz erst so liebgewonnene Schülerin. Die Sonne ging unter, und ich wußte mich unter irgendeinem Vorwand von der Gesellschaft loszumachen, die, ohne es zu wissen, mich auf eine so grausame Weise belehrt hatte.

Daß Neigungen, denen man eine Zeitlang unvorsichtig nachgegeben, endlich aus dem Traume geweckt, in die schmerzlichsten Zustände sich umwandeln, ist herkömmlich und bekannt, aber vielleicht interessiert dieser Fall durch das Seltsame, daß ein lebhaftes wechselseitiges Wohlwollen in dem Augenblicke des Keimens zerstört wird und damit die Vorahnung alles des Glücks, das ein solches Gefühl sich in künftiger Entwickelung unbegrenzt vorspiegelt. Ich kam spät nach Hause, und des andern Morgens früh machte ich, meine Mappe unter dem Arm, einen weiteren Weg mit der Entschuldigung, nicht zur Tafel zu kommen.

Ich hatte Jahre und Erfahrungen hinreichend, um mich, obwohl schmerzhaft, doch auf der Stelle zusammenzunehmen. »Es wäre wunderbar genug«, rief ich aus, »wenn ein wertherähnliches Schicksal dich in Rom aufgesucht hätte, um dir so bedeutende, bisher wohlbewahrte Zustände zu verderben.«

Ich wendete mich abermals rasch zu der inzwischen vernachlässigten landschaftlichen Natur und suchte sie so treu als möglich nachzubilden, mehr aber gelang mir, sie besser zu sehen. Das wenige Technische, was ich besaß, reichte kaum zu dem unscheinbarsten Umriß hin, aber die Fülle der Körperlichkeit, die uns jene Gegend in Felsen und Bäumen, Auf- und Abstiegen, stillen Seen, belebten Bächen entgegenbringt, war meinem Auge beinahe fühlbarer als sonst, und ich konnte dem Schmerz nicht feind werden, der mir den innern und äußern Sinn in dem Grade zu schärfen geeignet war.

Von nun an aber hab' ich mich kurz zu fassen; die Menge von Besuchenden füllte das Haus und die Häuser der Nachbarschaft, man konnte sich ohne Affektation vermeiden, und eine wohlempfundene Höflichkeit, zu der uns eine solche Neigung stimmt, ist in der Gesellschaft überall gut aufgenommen. Mein Betragen gefiel, und ich hatte keine Unannehmlichkeiten, keinen Zwist, außer ein einziges Mal mit dem Wirt, Herrn Jenkins. Ich hatte nämlich von einer weiten Berg- und Waldtour die appetitlichsten Pilze mitgebracht und sie dem Koch übergeben, der, über eine zwar seltene, aber in jenen Gegenden sehr berühmte Speise höchst vergnügt, sie aufs schmackhafteste zubereitet auf die Tafel gab. Sie schmeckten jedermann ganz herrlich, nur als zu meinen Ehren verraten wurde, daß ich sie aus der Wildnis mitgebracht, ergrimmte unser englischer Wirt, obgleich nur im verborgenen, darüber, daß ein Fremder eine Speise zum Gastmahl beigetragen habe, von welcher der Hausherr nichts wisse, die er nicht befohlen und angeordnet; es zieme sich nicht wohl, jemanden an seiner eignen Tafel zu überraschen, Speisen aufzusetzen, von denen er nicht Rechenschaft geben könne. Dies alles mußte mir Rat Reiffenstein nach Tafel diplomatisch eröffnen, wogegen ich, der ich an ganz anderm Weh, als das sich von Schwämmen herleiten kann, innerlichst zu dulden hatte, bescheidentlich erwiderte, ich hätte vorausgesetzt, der Koch würde das dem Herrn melden, und versicherte, wenn mir wieder dergleichen Edulien unterwegs in die Hände kämen, solche unserm trefflichen Wirte selbst zur Prüfung und Genehmigung vorzulegen. Denn wenn man billig sein will, muß man gestehen, sein Verdruß entsprang daher, daß diese überhaupt zweideutige Speise ohne gehörige Untersuchung auf die Tafel gekommen war. Der Koch freilich hatte mir versichert und brachte auch dem Herrn ins Gedächtnis, daß dergleichen zwar nicht oft, aber doch immer als besondere Rarität mit großem Beifall in dieser Jahrszeit vorgesetzt worden.

Dieses kulinarische Abenteuer gab mir Anlaß, in stillem Humor zu bedenken, daß ich selbst, von einem ganz eignen Gifte angesteckt, in Verdacht gekommen sei, durch gleiche Unvorsichtigkeit eine ganze Gesellschaft zu vergiften.

Es war leicht, meinen gefaßten Vorsatz fortzuführen. Ich suchte sogleich den englischen Studien auszuweichen, indem ich mich morgens entfernte und meiner heimlich geliebten Schülerin niemals anders als im Zusammentritt von mehrern Personen zu nähern wußte.

Gar bald legte sich auch dieses Verhältnis in meinem so

viel beschäftigten Gemüte wieder zurechte, und zwar auf eine sehr anmutige Weise; denn indem ich sie als Braut, als künftige Gattin ansah, erhob sie sich vor meinen Augen aus dem trivialen Mädchenzustande, und indem ich ihr nun eben dieselbe Neigung, aber in einem höhern, uneigennützigen Begriff zuwendete, so war ich als einer, der ohnehin nicht mehr einem leichtsinnigen Jüngling glich, gar bald gegen sie in dem freundlichsten Behagen. Mein Dienst, wenn man eine freie Aufmerksamkeit so nennen darf, bezeichnete sich durchaus ohne Zudringlichkeit und beim Begegnen eher mit einer Art von Ehrfurcht. Sie aber, welche nun auch wohl wußte, daß ihr Verhältnis mir bekannt geworden, konnte mit meinem Benehmen vollkommen zufrieden sein. Die übrige Welt aber, weil ich mich mit jedermann unterhielt, merkte nichts oder hatte kein Arges daran, und so gingen Tage und Stunden einen ruhigen behaglichen Gang.

Von der mannigfaltigsten Unterhaltung wäre viel zu sagen. Genug, es war auch ein Theater daselbst, wo der von uns so oft im Carneval beklatschte Pulcinell, welcher die übrige Zeit sein Schusterhandwerk trieb und auch übrigens hier als ein anständiger kleiner Bürger erschien, uns mit seinen pantomimisch-mimisch-lakonischen Absurditäten aufs beste zu vergnügen und uns in die so höchst behagliche Nullität des Daseins zu versetzen wußte.

Diese höchst belehrenden und geisterhebenden Anschauungen wurden, ich darf nicht sagen gestört und unterbrochen, aber doch mit einem schmerzlichen Gefühl durchflochten, das mich überallhin begleitete; ich erfuhr nämlich, daß der Bräutigam jener artigen Mailänderin, unter ich weiß nicht welchem Vorwande, sein Wort zurückgenommen und sich von seiner Versprochenen losgesagt habe. Wenn ich mich nun einerseits glücklich pries, meiner Neigung nicht nachgehangen und mich sehr bald von dem lieben Kinde zurückgezogen zu haben, wie denn auch nach genauster Erkundigung unter den Vorwänden jener Villeggiatur auch nicht im mindesten gedacht worden, so war es mir doch höchst empfindlich, das artige Bild, das mich bisher so heiter und freundlich begleitet hatte, nunmehr getrübt und entstellt zu sehen; denn ich vernahm sogleich, das liebe Kind sei aus Schrecken und Entsetzen über dieses Ereignis in ein gewaltsames Fieber verfallen, welches für ihr Leben fürchten lasse. Indem ich mich nun tagtäglich und die erste Zeit zweimal erkundigen ließ, hatte ich die Pein, daß meine Einbildungskraft sich etwas Unmögliches hervorzubringen bemüht war, jene heitern, dem offnen, frohen Tag allein gehörigen Züge, diesen Ausdruck unbefangenen, still vorschreitenden Lebens nunmehr durch Tränen getrübt, durch Krankheit entstellt und eine so frische Jugend durch inneres und äußeres Leiden so frühzeitig blaß und schmächtig zu denken.

In solcher Stimmung war freilich ein so großes Gegengewicht als eine Reihenfolge des Bedeutendsten, das teils dem Auge durch sein Dasein, teils der Einbildungskraft durch nie verschollene Würde genug zu tun gab, höchst ersehnt und nichts natürlicher, als das meiste davon mit inniger Trauer anzublicken.

Aber für den innern bessern Sinn sollte doch das Erquicklichste bereitet sein. Auf dem venezianischen Platz, wo manche Kutschen, eh' sie sich den bewegten Reihen wieder anschließen, die Vorbeiwallenden sich zu beschauen pflegen, sah ich den Wagen der Mad. Angelica und trat an den Schlag, sie zu begrüßen. Sie hatte sich kaum freundlich zu mir herausgeneigt, als sie sich zurückbog, um die neben ihr sitzende, wieder genesene Mailänderin mir sehen zu lassen. Ich fand sie nicht verändert; denn wie sollte sich eine gesunde Jugend nicht schnell wiederherstellen; ja ihre Augen schienen frischer und glänzender mich anzusehen, mit einer Freudigkeit, die mich bis ins Innerste durchdrang. So blieben wir eine Zeitlang ohne Sprache, als Mad. Angelica das Wort nahm und, indessen jene sich vorbog, zu mir sagte: »Ich muß nur den Dolmetscher machen, denn ich sehe, meine junge Freundin kommt nicht dazu, auszusprechen, was sie so lange gewünscht, sich vorgesetzt und mir öfters wiederholt hat, wie sehr sie Ihnen verpflichtet ist für den Anteil, den Sie an ihrer Krankheit, ihrem Schicksal genommen. Das erste, was ihr beim Wiedereintritt in das Leben tröstlich geworden, heilsam und wiederherstellend auf sie gewirkt, sei die Teilnahme ihrer Freunde und besonders die Ihrige gewesen, sie habe sich auf einmal wieder aus der tiefsten Einsamkeit unter so vielen guten Menschen, wieder in dem schönsten Kreise gefunden.«

»Das ist alles wahr«, sagte jene, indem sie über die Freundin her mir die Hand reichte, die ich wohl mit der meinigen, aber nicht mit meinen Lippen berühren konnte.

Mit stiller Zufriedenheit entfernt’ ich mich wieder in das Gedräng der Toren, mit dem zartesten Gefühl von Dankbarkeit gegen Angelica, die sich des guten Mädchens gleich nach dem Unfalle tröstend anzunehmen gewußt und, was in Rom selten ist, ein bisher fremdes Frauenzimmer in ihren edlen Kreis aufgenommen hatte, welches mich um so mehr rührte, als ich mir schmeicheln durfte, mein Anteil an dem guten Kinde habe hierauf nicht wenig eingewirkt.

Man wird es natürlich finden, daß ich bei meinen Abschiedsbesuchen jene anmutige Mailänderin nicht vergaß.

Ich hatte die Zeit her von ihr manches Vergnügliche gehört: wie sie mit Angelica immer vertrauter geworden und sich in der höhern Gesellschaft, wohin sie dadurch gelangt, gar gut zu benehmen wisse. Auch konnte ich die Vermutung nähren und den Wunsch, daß ein wohlhabender junger Mann, welcher mit Zucchis im besten Vernehmen stand, gegen ihre Anmut nicht unempfindlich und ernstere Absichten durchzuführen nicht abgeneigt sei.

Nun fand ich sie im reinlichen Morgenkleide, wie ich sie zuerst in Castel Gandolfo gesehen; sie empfing mich mit offner Anmut und drückte mit natürlicher Zierlichkeit den wiederholten Dank für meine Teilnahme gar liebenswürdig aus. »Ich werd' es nie vergessen«, sagte sie, »daß ich, aus Verwirrung mich wieder erholend, unter den anfragenden geliebten und verehrten Namen auch den Eurigen nennen hörte; ich forschte mehrmals, ob es denn auch wahr sei. Ihr setztet Eure Erkundigungen durch mehrere Wochen fort, bis endlich mein Bruder Euch besuchend für uns beide danken konnte. Ich weiß nicht, ob er's ausgerichtet hat, wie ich's ihm auftrug, ich wäre gern mitgegangen, wenn sich's geziemte.« Sie fragte nach dem Weg, den ich nehmen wollte, und als ich ihr meinen Reiseplan vorerzählte, versetzte sie: »Ihr seid glücklich, so reich zu sein, daß Ihr Euch dies nicht zu versagen braucht; wir andern müssen uns in die Stelle finden, welche Gott und seine Heiligen uns angewiesen. Schon lange seh' ich vor meinem Fenster Schiffe kommen und abgehen, ausladen und einladen; das ist unterhaltend, und ich denke manchmal, woher und wohin das alles?« Die Fenster gingen gerade auf die Treppen von Ripetta, die Bewegung war eben sehr lebhaft.

Sie sprach von ihrem Bruder mit Zärtlichkeit, freute sich, seine Haushaltung ordentlich zu führen, ihm möglich zu machen, daß er bei mäßiger Besoldung noch immer etwas zurück in einem vorteilhaften Handel anlegen könne; genug, sie ließ mich zunächst mit ihren Zuständen durchaus vertraut werden. Ich freute mich ihrer Gesprächigkeit; denn eigentlich macht' ich eine gar wunderliche Figur, indem ich schnell alle Momente unsres zarten Verhältnisses vom ersten Augenblick an bis zum letzten mir wieder vorzurollen gedrängt war. Nun trat der Bruder herein, und der Abschied schloß sich in freundlicher, mäßiger Prosa.

Als ich vor die Türe kam, fand ich meinen Wagen ohne den Kutscher, den ein geschäftiger Knabe zu holen lief. Sie sah heraus zum Fenster des Entresols, den sie in einem stattlichen Gebäude bewohnten; es war nicht gar hoch, man hätte geglaubt, sich die Hand reichen zu können.

»Man will mich nicht von Euch wegführen, seht Ihr«, rief ich aus, »man weiß, so scheint es, daß ich ungern von Euch scheide.«

Was sie darauf erwiderte, was ich versetzte, den Gang des anmutigsten Gespräches, das, von allen Fesseln frei, das Innere zweier sich nur halbbewußt Liebenden offenbarte, will ich nicht entweihen durch Wiederholung und Erzählung; es war ein wunderbares, zufällig eingeleitetes, durch innern Drang abgenötigtes lakonisches Schlußbekenntnis der unschuldigsten und zartesten wechselseitigen Gewogenheit, das mir auch deshalb nie aus Sinn und Seele gekommen ist.

»Als ich mich in Neapel aufhielt«

Die Sängerin Antonelli

Als ich mich in Neapel aufhielt, begegnete daselbst eine Geschichte, die großes Aufsehen erregte und worüber die Urteile sehr verschieden waren. Die einen behaupteten, sie sei völlig ersonnen, die andern, sie sei wahr, aber es stecke ein Betrug dahinter. Diese Partei war wieder untereinander selbst uneinig; sie stritten, wer dabei betrogen haben könnte. Noch andere behaupteten, es sei keinesweges ausgemacht, daß geistige Naturen nicht sollten auf Elemente und Körper wirken können, und man müsse nicht jede wunderbare Begebenheit ausschließlich entweder für Lüge oder Trug erklären. Nun zur Geschichte selbst:

Eine Sängerin, Antonelli genannt, war zu meiner Zeit der Liebling des neapolitanischen Publikums. In der Blüte ihrer Jahre, ihrer Figur, ihrer Talente fehlte ihr nichts, wodurch ein Frauenzimmer die Menge reizt und lockt und eine kleine Anzahl Freunde entzückt und glücklich macht. Sie war nicht unempfindlich gegen Lob und Liebe; allein, von Natur mäßig und verständig, wußte sie die Freuden zu genießen, die beide gewähren, ohne dabei aus der Fassung zu kommen, die ihr in ihrer Lage so nötig war. Alle jungen, vornehmen, reichen Leute drängten sich zu ihr, nur wenige nahm sie auf; und wenn sie bei der Wahl ihrer Liebhaber meist ihren Augen und ihrem Herzen folgte, so zeigte sie doch bei allen kleinen Abenteuern einen festen, sichern Charakter, der jeden genauen Beobachter für sie einnehmen mußte. Ich hatte Gelegenheit, sie einige Zeit zu sehen, indem ich mit einem ihrer Begünstigten in nahem Verhältnisse stand.

Verschiedene Jahre waren hingegangen, sie hatte Männer genug kennengelernt und unter ihnen viele Gecken, schwache und unzuverlässige Menschen. Sie glaubte bemerkt zu haben, daß ein Liebhaber, der in einem gewissen Sinne dem Weibe alles ist, gerade da, wo sie eines Beistandes am nötigsten bedürfte, bei Vorfällen des Lebens, häuslichen Angelegenheiten, bei augenblicklichen Entschließungen, meistenteils zu nichts wird, wenn er nicht gar seiner Geliebten, indem er nur an sich selbst denkt, schadet und aus Eigenliebe ihr das Schlimmste zu raten und sie zu den gefährlichsten Schritten zu verleiten sich gedrungen fühlt.

Bei ihren bisherigen Verbindungen war ihr Geist meistenteils unbeschäftigt geblieben; auch dieser verlangte Nahrung. Sie wollte endlich einen Freund haben, und kaum hatte sie dieses Bedürfnis gefühlt, so fand sich unter denen, die sich ihr zu nähern suchten, ein junger Mann, auf den sie ihr Zutrauen warf und der es in jedem Sinne zu verdienen schien.

Es war ein Genueser, der sich um diese Zeit, einiger wichtiger Geschäfte seines Hauses wegen, in Neapel aufhielt. Bei einem sehr glücklichen Naturell hatte er die sorgfältigste Erziehung genossen. Seine Kenntnisse waren ausgebreitet, sein Geist wie sein Körper vollkommen ausgebildet, sein Betragen konnte für ein Muster gelten, wie einer, der sich keinen Augenblick vergißt, sich doch immer in andern zu vergessen scheint. Der Handelsgeist seiner Geburtsstadt ruhete auf ihm; er sah das, was zu tun war, im großen an. Doch war seine Lage nicht die glücklichste; sein Haus hatte sich in einige höchst mißliche Spekulationen eingelassen und war in gefährliche Prozesse verwickelt. Die Angelegenheiten verwirrten sich mit der Zeit noch mehr, und die Sorge, die er darüber empfand, gab ihm einen Anstrich von Traurigkeit, der ihm sehr wohl anstand und der unserm jungen Frauen-zimmer noch mehr Mut machte, seine Freundschaft zu su-chen, weil sie zu fühlen glaubte, daß er selbst einer Freundin bedürfe.

Er hatte sie bisher nur an öffentlichen Orten und bei Gele-genheit gesehen; sie vergönnte ihm nunmehr auf seine erste Anfrage den Zutritt in ihrem Hause, ja sie lud ihn recht drin-gend ein, und er verfehlte nicht zu kommen.

Sie versäumte keine Zeit, ihm ihr Zutrauen und ihren Wunsch zu entdecken. Er war verwundert und erfreut über ihren Antrag. Sie bat ihn inständig, ihr Freund zu bleiben und keine Anforderungen eines Liebhabers zu machen. Sie eröffnete ihm eine Verlegenheit, in der sie sich eben befand und worüber er bei seinen mancherlei Verhältnissen den besten Rat geben und die schleunigste Einleitung zu ihrem Vorteil machen konnte. Er vertraute ihr dagegen seine Lage, und indem sie ihn zu erheitern und zu trösten wußte, indem sich in ihrer Gegenwart manches entwickelte, was sonst bei ihm nicht so früh erwacht wäre, schien sie auch seine Rat-geberin zu sein, und eine wechselseitige, auf die edelste Achtung, auf das schönste Bedürfnis gegründete Freund-schaft hatte sich in kurzem zwischen ihnen befestigt.

Nur leider überlegt man bei Bedingungen, die man ein-geht, nicht immer, ob sie möglich sind. Er hatte versprochen, nur Freund zu sein, keine Ansprüche auf die Stelle eines Liebhabers zu machen, und doch konnte er sich nicht leug-nen, daß ihm die von ihr begünstigten Liebhaber überall im Wege, höchst zuwider, ja ganz und gar unerträglich waren. Besonders fiel es ihm höchst schmerzlich auf, wenn ihn seine Freundin von den guten und bösen Eigenschaften eines sol-chen Mannes oft launig unterhielt, alle Fehler des Begün-stigten genau zu kennen schien und doch noch vielleicht selbigen Abend, gleichsam zum Spott des wertgeschätzten Freundes, in den Armen eines Unwürdigen ausruhte.

Glücklicher- oder unglücklicherweise geschah es bald, daß das Herz der Schönen frei wurde. Ihr Freund bemerkte es mit Vergnügen und suchte ihr vorzustellen, daß der erledigte Platz ihm vor allen andern gebühre. Nicht ohne Widerstand und Widerwillen gab sie seinen Wünschen Gehör. »Ich fürchte«, sagte sie, »daß ich über diese Nachgiebigkeit das Schätzbarste auf der Welt, einen Freund, verliere.« Sie hatte richtig geweissagt; denn kaum hatte er eine Zeitlang in seiner doppelten Eigenschaft bei ihr gegolten, so fingen seine Launen an, beschwerlicher zu werden; als Freund forderte er ihre ganze Achtung, als Liebhaber ihre ganze Neigung und als ein verständiger und angenehmer Mann unausgesetzte Unterhaltung. Dies aber war keinesweges nach dem Sinne des lebhaften Mädchens; sie konnte sich in keine Aufopferung finden und hatte nicht Lust, irgend jemand ausschließliche Rechte zuzugestehen. Sie suchte daher auf eine zarte Weise seine Besuche nach und nach zu verringern, ihn seltner zu sehen und ihn fühlen zu lassen, daß sie um keinen Preis der Welt ihre Freiheit weggebe.

Sobald er es merkte, fühlte er sich vom größten Unglück betroffen, und leider befiel ihn dieses Unheil nicht allein: seine häuslichen Angelegenheiten fingen an, äußerst schlimm zu werden. Er hatte sich dabei den Vorwurf zu machen, daß er von früher Jugend an sein Vermögen als eine unerschöpfliche Quelle angesehen, daß er seine Handelsangelegenheiten versäumt, um auf Reisen und in der großen Welt eine vornehmere und reichere Figur zu spielen, als ihm seine Geburt und sein Einkommen gestatteten. Die Prozesse, auf die er seine Hoffnung setzte, gingen langsam und waren kostspielig. Er mußte deshalb einigemal nach Palermo, und während seiner letzten Reise machte das kluge Mädchen verschiedene Einrichtungen, um ihrer Haushaltung eine andere Wendung zu geben und ihn nach und nach von sich zu entfernen. Er kam zurück und fand sie in einer andern Wohnung, entfernt von der seinigen, und sah den Marchese von S., der damals auf die öffentlichen Lustbarkeiten und Schauspiele großen Einfluß hatte, vertraulich bei ihr aus und eingehen. Dies überwältigte ihn, und er fiel in eine schwere Krankheit. Als die Nachricht davon zu seiner Freundin gelangte, eilte sie zu ihm, sorgte für ihn, richtete seine Aufwartung ein, und als ihr nicht verborgen blieb, daß seine Kasse nicht zum besten bestellt war, ließ sie eine ansehnliche Summe zurück, die hinreichend war, ihn auf einige Zeit zu beruhigen.

Durch die Anmaßung, ihre Freiheit einzuschränken, hatte der Freund schon viel in ihren Augen verloren; wie ihre Neigung zu ihm abnahm, hatte ihre Aufmerksamkeit auf ihn zugenommen; endlich hatte die Entdeckung, daß er in seinen eigenen Angelegenheiten so unklug gehandelt habe, ihr nicht die günstigsten Begriffe von seinem Verstande und seinem Charakter gegeben. Indessen bemerkte er die große Veränderung nicht, die in ihr vorgegangen war; vielmehr schien ihre Sorgfalt für seine Genesung, die Treue, womit sie halbe Tage lang an seinem Lager aushielt, mehr ein Zeichen ihrer Freundschaft und Liebe als ihres Mitleids zu sein, und er hoffte, nach seiner Genesung in alle Rechte wieder eingesetzt zu werden.

Wie sehr irrte er sich! In dem Maße, wie seine Gesundheit wiederkam und seine Kräfte sich erneuerten, verschwand bei ihr jede Art von Neigung und Zutrauen, ja er schien ihr so lästig, als er ihr sonst angenehm gewesen war. Auch war seine Laune, ohne daß er es selbst bemerkte, während dieser

Begebenheiten höchst bitter und verdrießlich geworden; alle Schuld, die er an seinem Schicksal haben konnte, warf er auf andere und wußte sich in allem völlig zu rechtfertigen. Er sah in sich nur einen unschuldig verfolgten, gekränkten, betrübten Mann und hoffte völlige Entschädigung alles Übels und aller Leiden von einer vollkommenen Ergebenheit seiner Geliebten.

Mit diesen Anforderungen trat er gleich in den ersten Tagen hervor, als er wieder ausgehen und sie besuchen konnte. Er verlangte nichts weniger, als daß sie sich ihm ganz ergeben, ihre übrigen Freunde und Bekannten verabschieden, das Theater verlassen und ganz allein mit ihm und für ihn leben sollte. Sie zeigte ihm die Unmöglichkeit, seine Forderungen zu bewilligen, erst auf eine scherzhafte, dann auf eine ernsthafte Weise und war leider endlich genötigt, ihm die traurige Wahrheit, daß ihr Verhältnis gänzlich vernichtet sei, zu gestehen. Er verließ sie und sah sie nicht wieder.

Er lebte noch einige Jahre in einem sehr eingeschränkten Kreise oder vielmehr bloß in der Gesellschaft einer alten, frommen Dame, die mit ihm in einem Hause wohnte und sich von wenigen Renten erhielt. In dieser Zeit gewann er den einen Prozeß und bald darauf den andern; allein seine Gesundheit war untergraben und das Glück seines Lebens verloren. Bei einem geringen Anlaß fiel er abermals in eine schwere Krankheit; der Arzt kündigte ihm den Tod an. Er vernahm sein Urteil ohne Widerwillen, nur wünschte er seine schöne Freundin noch einmal zu sehen. Er schickte seinen Bedienten zu ihr, der sonst in glücklichern Zeiten manche günstige Antwort gebracht hatte. Er ließ sie bitten; sie schlug es ab. Er schickte zum zweitenmal und ließ sie beschwören; sie beharrte auf ihrem Sinne. Endlich, es war schon tief in der Nacht, sendete er zum drittenmal; sie ward bewegt und vertraute mir ihre Verlegenheit, denn ich war eben mit dem Marchese und einigen andern Freunden bei ihr zum Abendessen. Ich riet ihr und bat sie, dem Freunde den letzten Liebesdienst zu erzeigen; sie schien unentschlossen, aber nach einigem Nachdenken nahm sie sich zusammen. Sie schickte den Bedienten mit einer abschläglichen Antwort weg, und er kam nicht wieder.

Wir saßen nach Tische in einem vertrauten Gespräch und waren alle heiter und gutes Muts. Es war gegen Mitternacht, als sich auf einmal eine klägliche, durchdringende, ängstliche und lange nachtönende Stimme hören ließ. Wir fuhren zusammen, sahen einander an und sahen uns um, was aus diesem Abenteuer werden sollte. Die Stimme schien an den Wänden zu verklingen, wie sie aus der Mitte des Zimmers hervorgedrungen war. Der Marchese stand auf und sprang ans Fenster, und wir andern bemühten uns um die Schöne, welche ohnmächtig dalag. Sie kam erst langsam zu sich selbst. Der eifersüchtige und heftige Italiener sah kaum ihre wieder aufgeschlagenen Augen, als er ihr bittre Vorwürfe machte. »Wenn Sie mit Ihren Freunden Zeichen verabreden«, sagte er, »so lassen Sie doch solche weniger auffallend und heftig sein.« Sie antwortete ihm mit ihrer gewöhnlichen Gegenwart des Geistes, daß, da sie jedermann und zu jeder Zeit bei sich zu sehen das Recht habe, sie wohl schwerlich solche traurige und schreckliche Töne zur Vorbereitung angenehmer Stunden wählen würde.

Und gewiß, der Ton hatte etwas unglaublich Schreckhaftes. Seine langen nachdröhnenden Schwingungen waren uns allen in den Ohren, ja in den Gliedern geblieben. Sie war blaß, entstellt und immer der Ohnmacht nahe; wir mußten die halbe Nacht bei ihr bleiben. Es ließ sich nichts weiter hören. Die andre Nacht dieselbe Gesellschaft, nicht so heiter als tags vorher, aber doch gefaßt genug, und – um dieselbige Zeit derselbe gewaltsame, fürchterliche Ton.

Wir hatten indessen über die Art des Schreies und wo er herkommen möchte unzählige Urteile gefällt und unsre Vermutungen erschöpft. Was soll ich weitläufig sein? Sooft sie zu Hause aß, ließ er sich um dieselbige Zeit vernehmen, und zwar, wie man bemerken wollte, manchmal stärker, manchmal schwächer. Ganz Neapel sprach von diesem Vorfall. Alle Leute des Hauses, alle Freunde und Bekannten nahmen den lebhaftesten Teil daran, ja die Polizei ward aufgerufen. Man stellte Spione und Beobachter aus. Denen auf der Gasse schien der Klang aus der freien Luft zu entspringen, und in dem Zimmer hörte man ihn gleichfalls ganz in unmittelbarer Nähe. Sooft sie auswärts aß, vernahm man nichts; sooft sie zu Hause war, ließ sich der Ton hören.

Aber auch außer dem Hause blieb sie nicht ganz von diesem bösen Begleiter verschont. Ihre Anmut hatte ihr den Zutritt in die ersten Häuser geöffnet. Sie war als eine gute Gesellschafterin überall willkommen, und sie hatte sich, um dem bösen Gaste zu entgehen, angewöhnt, die Abende außer dem Hause zu sein.

Ein Mann, durch sein Alter und seine Stelle ehrwürdig, führte sie eines Abends in seinem Wagen nach Hause. Als sie vor ihrer Türe von ihm Abschied nimmt, entsteht der Klang zwischen ihnen beiden, und man hebt diesen Mann, der so gut wie tausend andere die Geschichte wußte, mehr tot als lebendig in seinen Wagen.

Ein andermal fährt ein junger Tenor, den sie wohl leiden konnte, mit ihr abends durch die Stadt, eine Freundin zu besuchen. Er hatte von diesem seltsamen Phänomenon reden hören und zweifelte als ein muntrer Knabe an einem solchen Wunder. Sie sprachen von der Begebenheit. »Ich

wünschte doch auch«, sagte er, »die Stimme Ihres unsichtbaren Begleiters zu hören: rufen Sie ihn doch auf, wir sind ja
zu Zweien und werden uns nicht fürchten!« Leichtsinn oder
Kühnheit, ich weiß nicht, was sie vermochte, genug, sie ruft
dem Geiste, und in dem Augenblicke entsteht mitten im Wagen der schmetternde Ton, läßt sich dreimal schnell hinter
einander gewaltsam hören und verschwindet mit einem
bänglichen Nachklang. Vor dem Hause ihrer Freundin fand
man beide ohnmächtig im Wagen, nur mit Mühe brachte
man sie wieder zu sich und vernahm, was ihnen begegnet
sei.

Die Schöne brauchte einige Zeit, sich zu erholen. Dieser
immer erneuerte Schrecken griff ihre Gesundheit an, und
das klingende Gespenst schien ihr einige Frist zu verstatten,
ja sie hoffte sogar, weil es sich lange nicht wieder hören ließ,
endlich völlig davon befreit zu sein. Allein diese Hoffnung
war zu frühzeitig.

Nach geendigtem Karneval unternahm sie mit einer
Freundin und einem Kammermädchen eine kleine Lust-
reise. Sie wollte einen Besuch auf dem Lande machen; es war
Nacht, ehe sie ihren Weg vollenden konnten, und da noch
am Fuhrwerke etwas zerbrach, mußten sie in einem schlechten Wirtshaus übernachten und sich so gut als möglich einrichten.

Schon hatte die Freundin sich niedergelegt, und das Kammermädchen, nachdem sie das Nachtlicht angezündet hatte,
wollte eben zu ihrer Gebieterin ins andre Bette steigen, als
diese scherzend zu ihr sagte: »Wir sind hier am Ende der
Welt, und das Wetter ist abscheulich; sollte er uns wohl hier
finden können?« Im Augenblick ließ er sich hören, stärker
und fürchterlicher als jemals. Die Freundin glaubte nicht anders, als die Hölle sei im Zimmer, sprang aus dem Bette, lief,

wie sie war, die Treppe hinunter und rief das ganze Haus zusammen. Niemand tat diese Nacht ein Auge zu. Allein es war auch das letztemal, daß sich der Ton hören ließ, nur hatte leider der ungebetene Gast bald eine andere, lästigere Weise, seine Gegenwart anzuzeigen.

Einige Zeit hatte er Ruhe gehalten, als auf einmal abends zur gewöhnlichen Stunde, da sie mit ihrer Gesellschaft zu Tische saß, ein Schuß, wie aus einer Flinte oder stark geladenen Pistole, zum Fenster herein fiel. Alle hörten den Knall, alle sahen das Feuer, aber bei näherer Untersuchung fand man die Scheibe ohne die mindeste Verletzung. Demohngeachtet nahm die Gesellschaft den Vorfall sehr ernsthaft, und alle glaubten, daß man der Schönen nach dem Leben stehe. Man eilt nach der Polizei, man untersucht die benachbarten Häuser, und da man nichts Verdächtiges findet, stellt man darin den andern Tag Schildwachen von oben bis unten. Man durchsucht genau das Haus, worin sie wohnt, man verteilt Spione auf der Straße.

Alle diese Vorsicht war vergebens. Drei Monate hintereinander fiel in demselbigen Augenblicke der Schuß durch dieselbe Fensterscheibe, ohne das Glas zu verletzen und, was merkwürdig war, immer genau eine Stunde vor Mitternacht, da doch gewöhnlich in Neapel nach der italienischen Uhr gezählt wird und Mitternacht daselbst eigentlich keine Epoche macht.

Man gewöhnte sich endlich an diese Erscheinung wie an die vorige und rechnete dem Geiste seine unschädliche Tücke nicht hoch an. Der Schuß fiel manchmal, ohne die Gesellschaft zu erschrecken oder sie in ihrem Gespräch zu unterbrechen.

Eines Abends, nach einem sehr warmen Tage, öffnete die Schöne, ohne an die Stunde zu denken, das bewußte Fenster und trat mit dem Marchese auf den Balkon. Kaum standen sie einige Minuten draußen, als der Schuß zwischen ihnen beiden durch fiel und sie mit Gewalt rückwärts in das Zimmer schleuderte, wo sie ohnmächtig auf den Boden taumelten. Als sie sich wieder erholt hatten, fühlte er auf der linken, sie aber auf der rechten Wange den Schmerz einer tüchtigen Ohrfeige, und da man sich weiter nicht verletzt fand, gab der Vorfall zu mancherlei scherzhaften Bemerkungen Anlaß.

Von der Zeit an ließ sich dieser Schall im Hause nicht wieder hören, und sie glaubte nun endlich ganz von ihrem unsichtbaren Verfolger befreit zu sein, als auf einem Wege, den sie des Abends zu einer Freundin machte, ein unvermutetes Abenteuer sie nochmals auf das gewaltsamste erschreckte. Ihr Weg ging durch die Chiaia, wo ehemals der geliebte genuesische Freund gewohnt hatte. Es war heller Mondschein. Eine Dame, die bei ihr saß, fragte: »Ist das nicht das Haus, in welchem der Herr* gestorben ist?« – »Es ist eins von diesen beiden, so viel ich weiß«, sagte die Schöne, und in dem Augenblicke fiel aus einem dieser beiden Häuser der Schuß und drang durch den Wagen durch. Der Kutscher glaubt angegriffen zu sein, und fuhr mit aller möglichen Geschwindigkeit fort. An dem Orte ihrer Bestimmung hub man die beiden Frauen für tot aus dem Wagen.

Aber dieser Schrecken war auch der letzte. Der unsichtbare Begleiter änderte seine Methode, und nach einigen Abenden erklang vor ihren Fenstern ein lautes Händeklatschen. Sie war als beliebte Sängerin und Schauspielerin diesen Schall schon mehr gewohnt. Er hatte an sich nichts Schreckliches, und man konnte ihn eher einem ihrer Bewunderer zuschreiben. Sie gab wenig darauf acht. Ihre Freunde waren aufmerksamer und stellten wie das vorigemal Posten aus. Sie hörten den Schall, sahen aber vor wie nach niemand, und die meisten hofften nun bald auf ein völliges Ende dieser Erscheinungen.

Nach einiger Zeit verlor sich auch dieser Klang und verwandelte sich in angenehmere Töne. Sie waren zwar nicht eigentlich melodisch, aber unglaublich angenehm und lieblich. Sie schienen den genauesten Beobachtern von der Ecke einer Querstraße her zu kommen, im leeren Luftraume bis unter das Fenster hinzuschweben und dann dort auf das Sanfteste zu verklingen. Es war, als wenn ein himmlischer Geist durch ein schönes Präludium aufmerksam auf eine Melodie machen wollte, die er eben vorzutragen im Begriff sei. Auch dieser Ton verschwand endlich und ließ sich nicht mehr hören, nachdem die ganze wunderbare Geschichte etwa anderthalb Jahre gedauert hatte.

Als der Erzähler einen Augenblick innehielt, fing die Gesellschaft an, ihre Gedanken und Zweifel über diese Geschichte zu äußern, ob sie wahr sei, ob sie auch wahr sein könne?

Der Alte behauptete, sie müsse wahr sein, wenn sie interessant sein solle: denn für eine erfundene Geschichte habe sie wenig Verdienst. Jemand bemerkte darauf, es scheine sonderbar, daß man sich nicht nach dem abgeschiedenen Freunde und nach den Umständen seines Todes erkundigt, weil doch daraus vielleicht einiges zur Aufklärung der Geschichte hätte genommen werden können.

»Auch dieses ist geschehen«, versetzte der Alte: »ich war selbst neugierig genug, sogleich nach der ersten Erscheinung in sein Haus zu gehen und unter einem Vorwand die Dame zu besuchen, welche zuletzt recht mütterlich für ihn gesorgt hatte. Sie erzählte mir, daß ihr Freund eine unglaubliche Leidenschaft für das Frauenzimmer gehegt habe, daß er die letzte Zeit seines Lebens fast allein von ihr gesprochen und sie bald als einen Engel, bald als einen Teufel vorgestellt habe.

Als seine Krankheit überhand genommen, habe er nichts gewünscht, als sie vor seinem Ende noch einmal zu sehen, wahrscheinlich in der Hoffnung, nur noch eine zärtliche Äußerung, eine Reue oder sonst irgendein Zeichen der Liebe und Freundschaft von ihr zu erzwingen. Desto schrecklicher sei ihm ihre anhaltende Weigerung gewesen, und sichtbar habe die letzte, entscheidende abschlägliche Antwort sein Ende beschleunigt. Verzweiflend habe er ausgerufen: ›Nein, es soll ihr nichts helfen! Sie vermeidet mich; aber auch nach meinem Tode soll sie keine Ruhe vor mir haben.‹ Mit dieser Heftigkeit verschied er, und nur zu sehr mußten wir erfahren, daß man auch jenseits des Grabes Wort halten könne.«

»... mir ward sonderbar zu Mute«

Die neue Melusine

Hochverehrte Herren! Da mir bekannt ist, daß Sie vorläufige Reden und Einleitungen nicht besonders lieben, so will ich ohne weiteres versichern, daß ich diesmal vorzüglich gut zu bestehen hoffe. Von mir sind zwar schon gar manche wahrhafte Geschichten zu hoher und allseitiger Zufriedenheit ausgegangen, heute aber darf ich sagen, daß ich eine zu erzählen habe, welche die bisherigen weit übertrifft und die, wiewohl sie mir schon vor einigen Jahren begegnet ist, mich noch immer in der Erinnerung unruhig macht, ja sogar eine endliche Entwickelung hoffen läßt. Sie möchte schwerlich ihresgleichen finden.

Vorerst sei gestanden, daß ich meinen Lebenswandel nicht immer so eingerichtet, um der nächsten Zeit, ja des nächsten Tages ganz sicher zu sein. Ich war in meiner Jugend kein guter Wirt und fand mich oft in mancherlei Verlegenheit. Einst nahm ich mir eine Reise vor, die mir guten Gewinn verschaffen sollte; aber ich machte meinen Zuschnitt ein wenig zu groß, und nachdem ich sie mit Extrapost angefangen und sodann auf der ordinären eine Zeitlang fortgesetzt hatte, fand ich mich zuletzt genötigt, dem Ende derselben zu Fuße entgegenzugehen.

Als ein lebhafter Bursche hatte ich von jeher die Gewohnheit, sobald ich in ein Wirtshaus kam, mich nach der Wirtin oder auch nach der Köchin umzusehen und mich schmeichlerisch gegen sie zu bezeigen, wodurch denn meine Zeche meistens vermindert wurde.

Eines Abends, als ich in das Posthaus eines kleinen Städtchens trat und eben nach meiner hergebrachten Weise verfahren wollte, rasselte gleich hinter mir ein schöner zweisitziger Wagen, mit vier Pferden bespannt, an der Türe vor. Ich wendete mich um und sah ein Frauenzimmer allein, ohne Kammerfrau, ohne Bedienten. Ich eilte sogleich, ihr den Schlag zu eröffnen und zu fragen, ob sie etwas zu befehlen habe. Beim Aussteigen zeigte sich eine schöne Gestalt, und ihr liebenswürdiges Gesicht war, wenn man es näher betrachtete, mit einem kleinen Zug von Traurigkeit geschmückt. Ich fragte nochmals, ob ich ihr in etwas dienen könne. – »O ja!« sagte sie, »wenn Sie mir mit Sorgfalt das Kästchen, das auf dem Sitze steht, herausheben und hinauftragen wollen; aber ich bitte gar sehr, es recht stät zu tragen und im mindesten nicht zu bewegen oder zu rütteln.« Ich nahm das Kästchen mit Sorgfalt, sie verschloß den Kutschenschlag, wir stiegen zusammen die Treppen hinauf, und sie sagte dem Gesinde, daß sie diese Nacht hier bleiben würde.

Nun waren wir allein in dem Zimmer, sie hieß mich das Kästchen auf den Tisch setzen, der an der Wand stand, und als ich an einigen ihrer Bewegungen merkte, daß sie allein zu sein wünschte, empfahl ich mich, indem ich ihr ehrerbietig, aber feurig die Hand küßte.

»Bestellen Sie das Abendessen für uns beide«, sagte sie darauf; und es läßt sich denken, mit welchem Vergnügen ich diesen Auftrag ausrichtete, wobei ich denn zugleich in meinem Übermut Wirt, Wirtin und Gesinde kaum über die Achsel ansah. Mit Ungeduld erwartete ich den Augenblick, der mich endlich wieder zu ihr führen sollte. Es war aufgetragen, wir setzten uns gegen einander über, ich labte mich zum erstenmal seit geraumer Zeit an einem guten Essen und zugleich an einem so erwünschten Anblick; ja mir kam es vor, als wenn sie mit jeder Minute schöner würde.

Ihre Unterhaltung war angenehm, doch suchte sie alles abzulehnen, was sich auf Neigung und Liebe bezog. Es ward abgeräumt; ich zauderte, ich suchte allerlei Kunstgriffe, mich ihr zu nähern, aber vergebens; sie hielt mich durch eine gewisse Würde zurück, der ich nicht widerstehen konnte, ja ich mußte wider meinen Willen zeitig genug von ihr scheiden.

Nach einer meist durchwachten und unruhig durchträumten Nacht war ich früh auf, erkundigte mich, ob sie Pferde bestellt habe; ich hörte nein und ging in den Garten, sah sie angekleidet am Fenster stehen und eilte zu ihr hinauf. Als sie mir so schön und schöner als gestern entgegenkam, regte sich auf einmal in mir Neigung, Schalkheit und Verwegenheit; ich stürzte auf sie zu und faßte sie in meine Arme. »Englisches, unwiderstehliches Wesen!« rief ich aus: »verzeih, aber es ist unmöglich!« Mit unglaublicher Gewandtheit entzog sie sich meinen Armen, und ich hatte ihr nicht einmal einen Kuß auf die Wange drücken können.

»Halten Sie solche Ausbrüche einer plötzlichen leidenschaftlichen Neigung zurück, wenn Sie ein Glück nicht verscherzen wollen, das Ihnen sehr nahe liegt, das aber erst nach einigen Prüfungen ergriffen werden kann.«

»Fordere, was du willst, englischer Geist!« rief ich aus, »aber bringe mich nicht zur Verzweiflung.« Sie versetzte lächelnd: »Wollen Sie sich meinem Dienste widmen, so hören Sie die Bedingungen! Ich komme hierher, eine Freundin zu besuchen, bei der ich einige Tage zu verweilen gedenke; indessen wünsche ich, daß mein Wagen und dies Kästchen weitergebracht werden. Wollen Sie es übernehmen? Sie haben dabei nichts zu tun, als das Kästchen mit Behutsamkeit in und aus dem Wagen zu heben; wenn es darin steht, sich daneben zu setzen und jede Sorge dafür zu tragen. Kommen Sie in ein Wirtshaus, so wird es auf einen Tisch gestellt, in eine besondere Stube, in der Sie weder wohnen noch schlafen dürfen. Sie verschließen die Zimmer jedesmal mit diesem Schlüssel, der alle Schlösser auf- und zuschließt und dem Schlosse die besondere Eigenschaft gibt, daß es niemand in der Zwischenzeit zu eröffnen imstande ist.«

Ich sah sie an, mir ward sonderbar zumute; ich versprach, alles zu tun, wenn ich hoffen könnte, sie bald wieder zu sehen, und wenn sie mir diese Hoffnung mit einem Kuß besiegelte. Sie tat es, und von dem Augenblicke an war ich ihr ganz leibeigen geworden. Ich sollte nun die Pferde bestellen, sagte sie. Wir besprachen den Weg, den ich nehmen, die Orte, wo ich mich aufhalten und sie erwarten sollte. Sie drückte mir zuletzt einen Beutel mit Gold in die Hand, und ich meine Lippen auf ihre Hände. Sie schien gerührt beim Abschied, und ich wußte schon nicht mehr, was ich tat oder tun sollte.

Als ich von meiner Bestellung zurückkam, fand ich die Stubentür verschlossen. Ich versuchte gleich meinen Hauptschlüssel, und er machte sein Probestück vollkommen. Die Türe sprang auf, ich fand das Zimmer leer, nur das Kästchen stand auf dem Tische, wo ich es hingestellt hatte.

Der Wagen war vorgefahren, ich trug das Kästchen sorgfältig hinunter und setzte es neben mich. Die Wirtin fragte: »Wo ist denn die Dame?« Ein Kind antwortete: »Sie ist in die Stadt gegangen.« Ich begrüßte die Leute und fuhr wie im Triumph von hinnen, der ich gestern abend mit bestaubten Gamaschen hier angekommen war. Daß ich nun bei guter Muße diese Geschichte hin und her überlegte, das Geld zählte, mancherlei Entwürfe machte und immer gelegentlich nach dem Kästchen schielte, können Sie leicht denken. Ich fuhr nun stracks vor mich hin, stieg mehrere Stationen nicht aus und rastete nicht, bis ich zu einer ansehnlichen Stadt gelangt war, wohin sie mich beschieden hatte. Ihre Befehle wurden sorgfältig beobachtet, das Kästchen in ein besonderes Zimmer gestellt und ein paar Wachslichter daneben, unangezündet, wie sie auch verordnet hatte. Ich verschloß das Zimmer, richtete mich in dem meinigen ein und tat mir etwas zugute.

Eine Weile konnte ich mich mit dem Andenken an sie beschäftigen, aber gar bald wurde mir die Zeit lang. Ich war nicht gewohnt, ohne Gesellschaft zu leben; diese fand ich bald an Wirtstafeln und an öffentlichen Orten nach meinem Sinne. Mein Geld fing bei dieser Gelegenheit an zu schmelzen und verlor sich eines Abends völlig aus meinem Beutel, als ich mich unvorsichtig einem leidenschaftlichen Spiel überlassen hatte. Auf meinem Zimmer angekommen, war ich außer mir. Von Gelde entblößt, mit dem Ansehn eines reichen Mannes eine tüchtige Zeche erwartend, ungewiß, ob und wenn meine Schöne sich wieder zeigen würde, war ich in der größten Verlegenheit. Doppelt sehnte ich mich nach ihr und glaubte nun gar nicht mehr ohne sie und ohne ihr Geld leben zu können.

Nach dem Abendessen, das mir gar nicht geschmeckt hatte, weil ich es diesmal einsam zu genießen genötigt worden, ging ich in dem Zimmer lebhaft auf und ab, sprach mit mir selbst, verwünschte mich, warf mich auf den Boden, zerraufte mir die Haare und erzeigte mich ganz ungebärdig. Auf einmal höre ich in dem verschlossenen Zimmer nebenan eine leise Bewegung und kurz nachher an der wohlverwahrten Türe pochen. Ich raffe mich zusammen, greife nach dem Hauptschlüssel, aber die Flügeltüren springen von selbst auf, und im Schein jener brennenden Wachslichter kommt mir meine Schönheit entgegen. Ich werfe mich ihr zu Füßen, küsse ihr Kleid, ihre Hände, sie hebt mich auf, ich wage nicht, sie zu umarmen, kaum sie anzusehn; doch gestehe ich ihr aufrichtig und reuig meinen Fehler. – »Er ist zu verzeihen«, sagte sie, »nur verspätet Ihr leider Euer Glück und meines. Ihr müßt nun abermals eine Strecke in die Welt hineinfahren, ehe wir uns wieder sehn. Hier ist noch mehr Gold«, sagte sie, »und hinreichend, wenn Ihr einigermaßen haushalten wollt. Hat Euch aber diesmal Wein und Spiel in Verlegenheit gesetzt, so hütet Euch nun vor Wein und Weibern und laßt mich auf ein fröhlicheres Wiedersehen hoffen.«

Sie trat über die Schwelle zurück, die Flügel schlugen zusammen, ich pochte, ich bat, aber nichts ließ sich weiter hören. Als ich den andern Morgen die Zeche verlangte, lächelte der Kellner und sagte: »So wissen wir doch, warum Ihr Eure Türen auf eine so künstliche und unbegreifliche Weise verschließt, daß kein Hauptschlüssel sie öffnen kann. Wir vermuteten bei Euch viel Geld und Kostbarkeiten; nun aber haben wir den Schatz die Treppe hinuntergehen sehn, und auf alle Weise schien er würdig, wohl verwahrt zu werden.«

Ich erwiderte nichts dagegen, zahlte meine Rechnung und stieg mit meinem Kästchen in den Wagen. Ich fuhr nun wieder in die Welt hinein mit dem festesten Vorsatz, auf die Warnung meiner geheimnisvollen Freundin künftig zu achten. Doch war ich kaum abermals in einer großen Stadt angelangt, so ward ich bald mit liebenswürdigen Frauenzimmern bekannt, von denen ich mich durchaus nicht losreißen konnte. Sie schienen mir ihre Gunst teuer anrechnen zu wollen; denn indem sie mich immer in einiger Entfernung hielten, verleiteten sie mich zu einer Ausgabe nach der andern, und da ich nur suchte, ihr Vergnügen zu befördern, dachte ich abermals nicht an meinen Beutel, sondern zahlte und spendete immerfort, so wie es eben vorkam. Wie groß war daher meine Verwunderung und mein Vergnügen, als ich nach einigen Wochen bemerkte, daß die Fülle des Beutels noch nicht abgenommen hatte, sondern daß er noch so rund und strotzend war wie anfangs. Ich wollte mich dieser schönen Eigenschaft näher versichern, setzte mich hin zu zählen, merkte mir die Summe genau und fing nun an, mit meiner Gesellschaft lustig zu leben wie vorher. Da fehlte es nicht an Land- und Wasserfahrten, an Tanz, Gesang und andern Vergnügungen. Nun bedurfte es aber keiner großen Aufmerksamkeit, um gewahr zu werden, daß der Beutel wirklich abnahm, eben als wenn ich ihm durch mein verwünschtes Zählen die Tugend, unzählbar zu sein, entwendet hätte. Indessen war das Freudenleben einmal im Gange, ich konnte nicht zurück, und doch war ich mit meiner Barschaft bald am Ende. Ich verwünschte meine Lage, schalt auf meine Freundin, die mich so in Versuchung geführt hatte, nahm es ihr übel auf, daß sie sich nicht wieder sehen lassen, sagte mich im Ärger von allen Pflichten gegen sie los und nahm mir vor, das Kästchen zu öffnen, ob vielleicht in demselben einige Hülfe zu finden sei. Denn war es gleich nicht schwer genug, um Geld zu enthalten, so konnten doch Juwelen darin sein, und auch diese wären mir sehr willkommen gewesen. Ich war im Begriff, den Vorsatz auszuführen, doch verschob ich ihn auf die Nacht, um die Operation recht ruhig vorzunehmen, und eilte zu einem Bankett, das eben angesagt war. Da ging es denn wieder hoch her, und wir waren durch Wein und Trompetenschall mächtig aufgeregt, als mir der unangenehme Streich passierte, daß beim Nachtische ein älterer Freund meiner liebsten Schönheit, von Reisen kommend, unvermutet hereintrat, sich zu ihr setzte und ohne große Umstände seine alten Rechte geltend zu machen suchte. Daraus entstand nun bald Unwille, Hader und Streit; wir zogen vom Leder, und ich ward mit mehreren Wunden halbtot nach Hause getragen.

Der Chirurgus hatte mich verbunden und verlassen, es war schon tief in der Nacht, mein Wärter eingeschlafen; die Tür des Seitenzimmers ging auf, meine geheimnisvolle Freundin trat herein und setzte sich zu mir ans Bette. Sie fragte nach meinem Befinden; ich antwortete nicht, denn ich war matt und verdrießlich. Sie fuhr fort, mit vielem Anteil zu sprechen, rieb mir die Schläfe mit einem gewissen Balsam, so daß ich mich geschwind und entschieden gestärkt fühlte, so gestärkt, daß ich mich erzürnen und sie ausschelten konnte. In einer heftigen Rede warf ich alle Schuld meines Unglücks auf sie, auf die Leidenschaft, die sie mir eingeflößt, auf ihr Erscheinen, ihr Verschwinden, auf die Langeweile, auf die Sehnsucht, die ich empfinden mußte. Ich ward immer heftiger und heftiger, als wenn mich ein Fieber anfiele, und ich schwur ihr zuletzt, daß, wenn sie nicht die Meinige sein, mir diesmal nicht angehören und sich mit mir verbinden wolle, so verlange ich nicht länger zu leben; worauf ich entschiedene Antwort forderte. Als sie zaudernd mit einer Erklärung zurückhielt, geriet ich ganz außer mir, riß den doppelten und dreifachen Verband von den Wunden, mit der entschiedenen Absicht, mich zu verbluten. Aber wie erstaunte ich, als ich meine Wunden alle geheilt, meinen Körper schmuck und glänzend und sie in meinen Armen fand.

Nun waren wir das glücklichste Paar von der Welt. Wir baten einander wechselseitig um Verzeihung und wußten selbst nicht recht, warum. Sie versprach nun, mit mir weiterzureisen, und bald saßen wir nebeneinander im Wagen, das Kästchen gegen uns über am Platze der dritten Person. Ich hatte desselben niemals gegen sie erwähnt; auch jetzt fiel mir's nicht ein, davon zu reden, ob es uns gleich vor den Augen stand und wir durch eine stillschweigende Übereinkunft beide dafür sorgten, wie es etwa die Gelegenheit geben mochte; nur daß ich es immer in und aus dem Wagen hob und mich wie vormals mit dem Verschluß der Türen beschäftigte.

Solange noch etwas im Beutel war, hatte ich immer fortbezahlt; als es mit meiner Barschaft zu Ende ging, ließ ich sie es merken. – »Dafür ist leicht Rat geschafft«, sagte sie und deutete auf ein Paar kleine Taschen, oben an der Seite des Wagens angebracht, die ich früher wohl bemerkt, aber nicht gebraucht hatte. Sie griff in die eine und zog einige Goldstücke heraus sowie aus der andern einige Silbermünzen und zeigte mir dadurch die Möglichkeit, jeden Aufwand, wie es uns beliebte, fortzusetzen. So reisten wir von Stadt zu Stadt, von Land zu Land, waren unter uns und mit andern froh, und ich dachte nicht daran, daß sie mich wieder verlassen könnte, um so weniger, als sie sich seit einiger Zeit entschieden guter Hoffnung befand, wodurch unsere Heiterkeit und unsere Liebe nur noch vermehrt wurde. Aber eines Morgens fand ich sie leider nicht mehr, und weil mir der Aufenthalt ohne sie verdrießlich war, machte ich mich mit meinem Kästchen wieder auf den Weg, versuchte die Kraft der beiden Taschen und fand sie noch immer bewährt.

Die Reise ging glücklich vonstatten, und wenn ich bisher über mein Abenteuer weiter nicht nachdenken mögen, weil ich eine ganz natürliche Entwickelung der wundersamen Begebenheiten erwartete; so ereignete sich doch gegenwärtig etwas, wodurch ich in Erstaunen, in Sorgen, ja in Furcht gesetzt wurde. Weil ich, um von der Stelle zu kommen, Tag und Nacht zu reisen gewohnt war, so geschah es, daß ich oft im Finstern fuhr und es in meinem Wagen, wenn die Laternen zufällig ausgingen, ganz dunkel war. Einmal bei so finsterer Nacht war ich eingeschlafen, und als ich erwachte, sah ich den Schein eines Lichtes an der Decke meines Wagens. Ich beobachtete denselben und fand, daß er aus dem Kästchen hervorbrach, das einen Riß zu haben schien, eben als wäre es durch die heiße und trockene Witterung der eingetretenen Sommerzeit gesprungen. Meine Gedanken an die Juwelen wurden wieder rege, ich vermutete, daß ein Karfunkel im Kästchen liege, und wünschte darüber Gewißheit zu haben. Ich rückte mich, so gut ich konnte, zurecht, so daß ich mit dem Auge unmittelbar den Riß berührte. Aber wie groß war mein Erstaunen, als ich in ein von Lichtern wohl erhelltes, mit viel Geschmack, ja Kostbarkeit möbliertes Zimmer hineinsah, gerade so als hätte ich durch die Öffnung eines Gewölbes in einen königlichen Saal hinabgesehn. Zwar konnte ich nur einen Teil des Raums beobachten, der mich auf das übrige schließen ließ. Ein Kaminfeuer schien zu brennen, neben welchem ein Lehnsessel stand. Ich hielt den Atem an mich und fuhr fort zu beobachten. Indem kam von der andern Seite des Saals ein Frauenzimmer mit einem Buch in den Händen, die ich sogleich für meine Frau erkannte, obschon ihr Bild nach dem allerkleinsten Maßstabe zusammengezogen war. Die Schöne setzte sich in den Sessel ans Kamin, um zu lesen, legte die Brände mit der niedlichsten Feuerzange zurecht, wobei ich deutlich bemerken konnte, das allerliebste kleine Wesen sei ebenfalls guter Hoffnung. Nun fand ich mich aber genötigt, meine unbequeme Stellung einigermaßen zu verrücken, und bald darauf, als ich wieder hineinsehen und mich überzeugen wollte, daß es kein Traum gewesen, war das Licht verschwunden, und ich blickte in eine leere Finsternis.

Wie erstaunt, ja erschrocken ich war, läßt sich begreifen. Ich machte mir tausend Gedanken über diese Entdeckung und konnte doch eigentlich nichts denken. Darüber schlief ich ein, und als ich erwachte, glaubte ich eben nur geträumt zu haben; doch fühlte ich mich von meiner Schönen einigermaßen entfremdet, und indem ich das Kästchen nur desto sorgfältiger trug, wußte ich nicht, ob ich ihre Wiedererscheinung in völliger Menschengröße wünschen oder fürchten sollte.

Nach einiger Zeit trat denn wirklich meine Schöne gegen Abend in weißem Kleide herein, und da es eben im Zimmer dämmerte, so kam sie mir länger vor, als ich sie sonst zu sehen gewohnt war, und ich erinnerte mich, gehört zu haben, daß alle vom Geschlecht der Nixen und Gnomen bei einbrechender Nacht an Länge gar merklich zunähmen. Sie flog wie gewöhnlich in meine Arme, aber ich konnte sie nicht recht frohmütig an meine beklemmte Brust drükken.

»Mein Liebster«, sagte sie, »ich fühle nun wohl an deinem Empfang, was ich leider schon weiß. Du hast mich in der Zwischenzeit gesehn; du bist von dem Zustand unterrichtet, in dem ich mich zu gewissen Zeiten befinde; dein Glück und das meinige ist hiedurch unterbrochen, ja es steht auf dem Punkte, ganz vernichtet zu werden. Ich muß dich verlassen und weiß nicht, ob ich dich jemals wiedersehen werde.« Ihre Gegenwart, die Anmut, mit der sie sprach, entfernte sogleich fast jede Erinnerung jenes Gesichtes, das mir schon bisher nur als ein Traum vorgeschwebt hatte. Ich umfing sie mit Lebhaftigkeit, überzeugte sie von meiner Leidenschaft, versicherte ihr meine Unschuld, erzählte ihr das Zufällige der Entdeckung, genug, ich tat so viel, daß sie selbst beruhigt schien und mich zu beruhigen suchte.

»Prüfe dich genau«, sagte sie: »ob diese Entdeckung deiner Liebe nicht geschadet habe, ob du vergessen kannst, daß ich in zweierlei Gestalten mich neben dir befinde, ob die Verringerung meines Wesens nicht auch deine Neigung vermindern werde.«

Ich sah sie an; schöner war sie als jemals, und ich dachte bei mir selbst: Ist es denn ein so großes Unglück, eine Frau zu besitzen, die von Zeit zu Zeit eine Zwergin wird, so daß man sie im Kästchen herumtragen kann? Wäre es nicht viel schlimmer, wenn sie zur Riesin würde und ihren Mann in den Kasten steckte? Meine Heiterkeit war zurückgekehrt. Ich hätte sie um alles in der Welt nicht fahren lassen. – »Bestes Herz«, versetzte ich, »laß uns bleiben und sein, wie wir gewesen sind. Könnten wirs beide denn herrlicher finden! Bediene dich deiner Bequemlichkeit, und ich verspreche dir, das Kästchen nur desto sorgfältiger zu tragen. Wie sollte das Niedlichste, was ich in meinem Leben gesehn, einen schlimmen Eindruck auf mich machen? Wie glücklich würden die Liebhaber sein, wenn sie solche Miniaturbilder besitzen könnten! Und am Ende war es auch nur ein solches Bild, eine kleine Taschenspielerei. Du prüfst und neckst mich; du sollst aber sehn, wie ich mich halten werde.«

»Die Sache ist ernsthafter, als du denkst«, sagte die Schöne; »indessen bin ich recht wohl zufrieden, daß du sie leicht nimmst: denn für uns beide kann noch immer die heiterste Folge werden. Ich will dir vertrauen und von meiner Seite das Mögliche tun, nur versprich mir, dieser Entdeckung niemals vorwurfsweise zu gedenken. Dazu füg' ich noch eine Bitte recht inständig: nimm dich vor Wein und Zorn mehr als jemals in acht.«

Ich versprach, was sie begehrte, ich hätte zu und immer zu versprochen; doch sie wendete selbst das Gespräch, und alles war im vorigen Gleise. Wir hatten nicht Ursache, den Ort unsers Aufenthaltes zu verändern; die Stadt war groß, die Gesellschaft vielfach, die Jahreszeit veranlaßte manches Land- und Gartenfest.

Bei allen solchen Freuden war meine Frau sehr gern gesehen, ja von Männern und Frauen lebhaft verlangt. Ein gutes, einschmeichelndes Betragen, mit einer gewissen Hoheit verknüpft, machte sie jedermann lob- und ehrenwert. Überdies spielte sie herrlich die Laute und sang dazu, und alle geselligen Nächte mußten durch ihr Talent gekrönt werden.

Ich will nur gestehn, daß ich mir aus der Musik niemals viel habe machen können, ja sie hatte vielmehr auf mich eine unangenehme Wirkung. Meine Schöne, die mir das bald abgemerkt hatte, suchte mich daher niemals, wenn wir allein waren, auf diese Weise zu unterhalten; dagegen schien sie sich in Gesellschaft zu entschädigen, wo sie denn gewöhnlich eine Menge Bewunderer fand.

Und nun, warum sollte ich es leugnen, unsere letzte Unterredung, ungeachtet meines besten Willens, war doch nicht vermögend gewesen, die Sache ganz bei mir abzutun; vielmehr hatte sich meine Empfindungsweise gar seltsam gestimmt, ohne daß ich es mir vollkommen bewußt gewesen wäre. Da brach eines Abends in großer Gesellschaft der verhaltene Unmut los, und mir entsprang daraus der allergrößte Nachteil.

Wenn ich es jetzt recht bedenke, so liebte ich nach jener unglücklichen Entdeckung meine Schönheit viel weniger, und nun ward ich eifersüchtig auf sie, was mir vorher gar nicht eingefallen war. Abends bei Tafel, wo wir schräg gegen einander über in ziemlicher Entfernung saßen, befand ich mich sehr wohl mit meinen beiden Nachbarinnen, ein paar Frauenzimmern, die mir seit einiger Zeit reizend geschienen hatten. Unter Scherz- und Liebesreden sparte man des Weines nicht, indessen von der andern Seite ein paar Musikfreunde sich meiner Frau bemächtigt hatten und die Gesellschaft zu Gesängen, einzelnen und chormäßigen, aufzumuntern und anzuführen wußten. Darüber fiel ich in böse Laune; die beiden Kunstliebhaber schienen zudringlich; der Gesang machte mich ärgerlich, und als man gar von mir auch eine Solostrophe begehrte, so wurde ich wirklich aufgebracht, leerte den Becher und setzte ihn sehr unsanft nieder.

Durch die Anmut meiner Nachbarinnen fühlte ich mich sogleich zwar wieder gemildert, aber es ist eine böse Sache um den Ärger, wenn er einmal auf dem Wege ist. Er kochte heimlich fort, obgleich alles mich hätte sollen zur Freude, zur Nachgiebigkeit stimmen. Im Gegenteil wurde ich nur noch tückischer, als man eine Laute brachte und meine Schöne ihren Gesang zur Bewunderung aller übrigen begleitete. Unglücklicherweise erbat man sich eine allgemeine Stille. Also auch schwatzen sollte ich nicht mehr, und die Töne taten mir in den Zähnen weh. War es nun ein Wunder daß endlich der kleinste Funke die Mine zündete?

Eben hatte die Sängerin ein Lied unter dem größten Beifall geendigt, als sie nach mir, und wahrlich recht liebevoll, herübersah. Leider drangen die Blicke nicht bei mir ein. Sie bemerkte, daß ich einen Becher Wein hinunterschlang und einen neu anfüllte. Mit dem rechten Zeigefinger winkte sie mir lieblich drohend. »Bedenken Sie, daß es Wein ist!« sagte sie, nicht lauter, als daß ich es hören konnte. – »Wasser ist für die Nixen!« rief ich aus. – »Meine Damen«, sagte sie zu meinen Nachbarinnen, »kränzen Sie den Becher mit aller

Anmut, daß er nicht zu oft leer werde.« – »Sie werden sich doch nicht meistern lassen!« zischelte mir die eine ins Ohr. – »Was will der Zwerg?« rief ich aus, mich heftiger gebärdend, wodurch ich den Becher umstieß. – »Hier ist viel verschüttet!« rief die Wunderschöne, tat einen Griff in die Saiten, als wolle sie die Aufmerksamkeit der Gesellschaft aus dieser Störung wieder auf sich heranziehen. Es gelang ihr wirklich, um so mehr, als sie aufstand, aber nur, als wenn sie sich das Spiel bequemer machen wollte, und zu präludieren fortfuhr.

Als ich den roten Wein über das Tischtuch fließen sah, kam ich wieder zu mir selbst. Ich erkannte den großen Fehler, den ich begangen hatte, und war recht innerlich zerknirscht. Zum erstenmal sprach die Musik mich an. Die erste Strophe, die sie sang, war ein freundlicher Abschied an die Gesellschaft, wie sie sich noch zusammen fühlen konnte. Bei der folgenden Strophe floß die Sozietät gleichsam auseinander, jeder fühlte sich einzeln, abgesondert, niemand glaubte sich mehr gegenwärtig. Aber was soll ich denn von der letzten Strophe sagen? Sie war allein an mich gerichtet, die Stimme der gekränkten Liebe, die von Unmut und Übermut Abschied nimmt.

Stumm führte ich sie nach Hause und erwartete mir nichts Gutes. Doch kaum waren wir in unserm Zimmer angelangt, als sie sich höchst freundlich und anmutig, ja sogar schalkhaft erwies und mich zum glücklichsten aller Menschen machte.

Des andern Morgens sagte ich ganz getrost und liebevoll: »Du hast so manchmal, durch gute Gesellschaft aufgefordert, gesungen, so zum Beispiel gestern abend das rührende Abschiedslied; singe nun auch einmal mir zuliebe ein hübsches, fröhliches Willkommen in dieser Morgenstunde, damit es uns werde, als wenn wir uns zum erstenmal kennen lernten.«

»Das vermag ich nicht, mein Freund«, versetzte sie mit Ernst. »Das Lied von gestern abend bezog sich auf unsere Scheidung, die nun sogleich vor sich gehen muß: denn ich kann dir nur sagen, die Beleidigung gegen Versprechen und Schwur hat für uns beide die schlimmsten Folgen; du verscherzest ein großes Glück, und auch ich muß meinen liebsten Wünschen entsagen.«

Als ich nun hierauf in sie drang und bat, sie möchte sich näher erklären, versetzte sie: »Das kann ich leider wohl, denn es ist doch um mein Bleiben bei dir getan. Vernimm also, was ich dir lieber bis in die spätesten Zeiten verborgen hätte. Die Gestalt, in der du mich im Kästchen erblicktest, ist mir wirklich angeboren und natürlich: denn ich bin aus dem Stamm des Königs Eckwald, des mächtigen Fürsten der Zwerge, von dem die wahrhafte Geschichte so vieles meldet. Unser Volk ist noch immer wie vor alters tätig und geschäftig und auch daher leicht zu regieren. Du mußt dir aber nicht vorstellen, daß die Zwerge in ihren Arbeiten zurückgeblieben sind. Sonst waren Schwerter, die den Feind verfolgten, wenn man sie ihm nachwarf, unsichtbar und geheimnisvoll bindende Ketten, undurchdringliche Schilder und dergleichen ihre berühmtesten Arbeiten. Jetzt aber beschäftigen sie sich hauptsächlich mit Sachen der Bequemlichkeit und des Putzes und übertreffen darin alle andern Völker der Erde. Du würdest erstaunen, wenn du unsere Werkstätten und Warenlager hindurchgehen solltest. Dies wäre nun alles gut, wenn nicht bei der ganzen Nation überhaupt, vorzüglich aber bei der königlichen Familie ein besonderer Umstand einträte.«

Da sie einen Augenblick innehielt, ersuchte ich sie um fernere Eröffnung dieser wundersamen Geheimnisse, worin sie mir denn auch sogleich willfahrte.

»Es ist bekannt«, sagte sie, »daß Gott, sobald er die Welt erschaffen hatte, so daß alles Erdreich trocken war und das Gebirg mächtig und herrlich dastand, daß Gott, sage ich, sogleich vor allen Dingen die Zwerglein erschuf, damit auch vernünftige Wesen wären, welche seine Wunder im Innern der Erde auf Gängen und Klüften anstaunen und verehren könnten. Ferner ist bekannt, daß dieses kleine Geschlecht sich nachmals erhoben und sich die Herrschaft der Erde anzumaßen gedacht, weshalb denn Gott die Drachen erschaffen, um das Gezwerge ins Gebirg zurückzudrängen. Weil aber die Drachen sich in den großen Höhlen und Spalten selbst einzunisten und dort zu wohnen pflegten, auch viele derselben Feuer spien und manch anderes Wüste begingen; so wurde dadurch den Zwerglein gar große Not und Kummer bereitet, dergestalt, daß sie nicht mehr wußten, wo aus noch ein, und sich daher zu Gott dem Herrn gar demütiglich und flehentlich wendeten, auch ihn im Gebet anriefen, er möchte doch dieses unsaubere Drachenvolk wieder vertilgen. Ob er nun aber gleich nach seiner Weisheit sein Geschöpf zu zerstören nicht beschließen mochte, so ging ihm doch der armen Zwerglein große Not dermaßen zu Herzen, daß er alsobald die Riesen erschuf, welche die Drachen bekämpfen und, wo nicht ausrotten, doch wenigstens vermindern sollten.

Als nun aber die Riesen so ziemlich mit den Drachen fertig geworden, stieg ihnen gleichfalls der Mut und Dünkel, weswegen sie gar manches Frevele, besonders auch gegen die guten Zwerglein, verübten, welche denn abermals in ihrer Not sich zu dem Herrn wandten, der sodann aus seiner Machtgewalt die Ritter schuf, welche die Riesen und Drachen bekämpfen und mit den Zwerglein in guter Eintracht leben sollten. Damit war denn das Schöpfungswerk von dieser Seite beschlossen, und es findet sich, daß nachher Riesen und Drachen sowie die Ritter und Zwerge immer zusammengehalten haben. Daraus kannst du nun ersehen, mein Freund, daß wir von dem ältesten Geschlecht der Welt sind, welches uns zwar zu Ehren gereicht, doch aber auch großen Nachteil mit sich führt.

Da nämlich auf der Welt nichts ewig bestehn kann, sondern alles, was einmal groß gewesen, klein werden und abnehmen muß, so sind auch wir in dem Falle, daß wir seit Erschaffung der Welt immer abnehmen und kleiner werden, vor allen andern aber die königliche Familie, welche wegen ihres reinen Blutes diesem Schicksal am ersten unterworfen ist. Deshalb haben unsere weisen Meister schon vor vielen Jahren den Ausweg erdacht, daß von Zeit zu Zeit eine Prinzessin aus dem königlichen Hause heraus ins Land gesendet werde, um sich mit einem ehrsamen Ritter zu vermählen, damit das Zwergengeschlecht wieder angefrischt und vom gänzlichen Verfall gerettet sei.«

Indessen meine Schöne diese Worte ganz treuherzig vorbrachte, sah ich sie bedenklich an, weil es schien, als ob sie Lust habe, mir etwas aufzubinden. Was ihre niedliche Herkunft betraf, daran hatte ich weiter keinen Zweifel; aber daß sie mich anstatt eines Ritters ergriffen hatte, das machte mir einiges Mißtrauen, indem ich mich denn doch zu wohl kannte, als daß ich hätte glauben sollen, meine Vorfahren seien von Gott unmittelbar erschaffen worden.

Ich verbarg Verwunderung und Zweifel und fragte sie freundlich: »Aber sage mir, mein liebes Kind, wie kommst du zu dieser großen und ansehnlichen Gestalt? denn ich kenne wenig Frauen, die sich dir an prächtiger Bildung vergleichen können.« – »Das sollst du erfahren«, versetzte meine Schöne. »Es ist von jeher im Rat der Zwergenkönige hergebracht, daß man sich so lange als möglich vor jedem außerordentlichen Schritt in acht nehme, welches ich denn auch ganz natürlich und billig finde. Man hätte vielleicht noch lange gezaudert, eine Prinzessin wieder einmal in das Land zu senden, wenn nicht mein nachgeborner Bruder so klein ausgefallen wäre, daß ihn die Wärterinnen sogar aus den Windeln verloren haben und man nicht weiß, wo er hingekommen ist. Bei diesem in den Jahrbüchern des Zwergenreichs ganz unerhörten Falle versammelte man die Weisen, und kurz und gut, der Entschluß ward gefaßt, mich auf die Freite zu schicken.«

»Der Entschluß!« rief ich aus; »das ist wohl alles schön und gut. Man kann sich entschließen, man kann etwas beschließen; aber einem Zwerglein diese Göttergestalt zu geben, wie haben eure Weisen dies zustande gebracht?«

»Es war auch schon«, sagte sie, »von unsern Ahnherren vorgesehn. In dem königlichen Schatze lag ein ungeheurer goldner Fingerring. Ich spreche jetzt von ihm, wie er mir vorkam, da er mir, als einem Kinde, ehemals an seinem Orte gezeigt wurde: denn es ist derselbe, den ich hier am Finger habe; und nun ging man folgendergestalt zu Werke. Man unterrichtete mich von allem, was bevorstehe, und belehrte mich, was ich zu tun und zu lassen habe.

Ein köstlicher Palast, nach dem Muster des liebsten Sommeraufenthalts meiner Eltern, wurde verfertigt: ein Hauptgebäude, Seitenflügel und was man nur wünschen kann. Er stand am Eingang einer großen Felskluft und verzierte sie aufs beste. An dem bestimmten Tage zog der Hof dorthin und meine Eltern mit mir. Die Armee paradierte, und vierundzwanzig Priester trugen auf einer köstlichen Bahre, nicht ohne Beschwerlichkeit, den wundervollen Ring. Er ward an die Schwelle des Gebäudes gelegt, gleich innerhalb, wo man über sie hinübertritt. Manche Zeremonien wurden begangen, und nach einem herzlichen Abschiede schritt ich zum Werke. Ich trat hinzu, legte die Hand an den Ring und fing sogleich merklich zu wachsen an. In wenig Augenblikken war ich zu meiner gegenwärtigen Größe gelangt, worauf ich den Ring sogleich an den Finger steckte. Nun im Nu verschlossen sich Fenster, Türen und Tore, die Seitenflügel zogen sich ins Hauptgebäude zurück, statt des Palastes stand ein Kästchen neben mir, das ich sogleich aufhob und mit mir forttrug, nicht ohne ein angenehmes Gefühl, so groß und so stark zu sein, zwar immer noch ein Zwerg gegen Bäume und Berge, gegen Ströme wie gegen Landstrecken, aber doch immer schon ein Riese gegen Gras und Kräuter, besonders aber gegen die Ameisen, mit denen wir Zwerge nicht immer in gutem Verhältnis stehen und deswegen oft gewaltig von ihnen geplagt werden.

Wie es mir auf meiner Wallfahrt erging, ehe ich dich fand, davon hätte ich viel zu erzählen. Genug, ich prüfte manchen, aber niemand als du schien mir wert, den Stamm des herrlichen Eckwald zu erneuern und zu verewigen.«

Bei allen diesen Erzählungen wackelte mir mitunter der Kopf, ohne daß ich ihn gerade geschüttelt hätte. Ich tat verschiedne Fragen, worauf ich aber keine sonderlichen Antworten erhielt, vielmehr zu meiner größten Betrübnis erfuhr, daß sie nach dem, was begegnet, notwendig zu ihren Eltern zurück müsse. Sie hoffe zwar, wieder zu mir zu kommen, doch jetzt habe sie sich unvermeidlich zu stellen, weil sonst für sie so wie für mich alles verloren wäre. Die Beutel würden bald aufhören zu zahlen und was sonst noch alles daraus entstehen könnte.

Da ich hörte, daß uns das Geld ausgehn dürfte, fragte ich nicht weiter, was sonst noch geschehen möchte. Ich zuckte die Achseln, ich schwieg, und sie schien mich zu verstehn.

Wir packten zusammen und setzten uns in den Wagen, das Kästchen gegen uns über, dem ich aber noch nichts von einem Palast ansehen konnte. So ging es mehrere Stationen fort. Postgeld und Trinkgeld wurden aus den Täschchen rechts und links bequem und reichlich bezahlt, bis wir endlich in eine gebirgige Gegend gelangten und kaum abgestiegen waren, als meine Schöne vorausging und ich auf ihr Geheiß mit dem Kästchen folgte. Sie führte mich auf ziemlich steilen Pfaden zu einem engen Wiesengrund, durch welchen sich eine klare Quelle bald stürzte, bald ruhig laufend schlängelte. Da zeigte sie mir eine erhöhte Fläche, hieß mich das Kästchen niedersetzen und sagte: »Lebe wohl! du findest den Weg gar leicht zurück; gedenke mein, ich hoffe, dich wiederzusehn.«

In diesem Augenblick war mir's, als wenn ich sie nicht verlassen könnte. Sie hatte gerade wieder ihren schönen Tag oder, wenn Ihr wollt, ihre schöne Stunde. Mit einem so lieblichen Wesen allein, auf grüner Matte, zwischen Gras und Blumen, von Felsen beschränkt, von Wasser umrauscht, welches Herz wäre da wohl fühllos geblieben! Ich wollte sie bei der Hand fassen, sie umarmen, aber sie stieß mich zurück und bedrohte mich, obwohl noch immer liebreich genug, mit großer Gefahr, wenn ich mich nicht sogleich entfernte.

»Ist denn gar keine Möglichkeit«, rief ich aus, »daß ich bei dir bleibe, daß du mich bei dir behalten könntest?« Ich begleitete diese Worte mit so jämmerlichen Gebärden und Tönen, daß sie gerührt schien und nach einigem Bedenken mir gestand, eine Fortdauer unserer Verbindung sei nicht

ganz unmöglich. Wer war glücklicher als ich. Meine Zudringlichkeit, die immer lebhafter ward, nötigte sie endlich,
mit der Sprache herauszurücken und mir zu entdecken, daß,
wenn ich mich entschlösse, mit ihr so klein zu werden, als ich
sie schon gesehn, so könnte ich auch jetzt bei ihr bleiben,
in ihre Wohnung, in ihr Reich, zu ihrer Familie mit übertre-
ten. Dieser Vorschlag gefiel mir nicht ganz, doch konnte ich
mich einmal in diesem Augenblick nicht von ihr losreißen,
und ans Wunderbare seit geraumer Zeit schon gewöhnt, zu
raschen Entschlüssen aufgelegt, schlug ich ein und sagte, sie
möchte mit mir machen, was sie wolle.

Sogleich mußte ich den kleinen Finger meiner rechten
Hand ausstrecken, sie stützte den ihrigen dagegen, zog mit
der linken Hand den goldnen Ring ganz leise sich ab und ließ
ihn herüber an meinen Finger laufen. Kaum war dies geschehn, so fühlte ich einen gewaltigen Schmerz am Finger,
der Ring zog sich zusammen und folterte mich entsetzlich.
Ich tat einen gewaltigen Schrei und griff unwillkürlich um
mich her nach meiner Schönen, die aber verschwunden war.
Wie mir indessen zumute gewesen, dafür wüßte ich keinen
Ausdruck zu finden, auch bleibt mir nichts übrig zu sagen,
als daß ich mich sehr bald in kleiner, niedriger Person neben
meiner Schönen in einem Walde von Grashalmen befand.
Die Freude des Wiedersehens nach einer kurzen und doch so
seltsamen Trennung oder, wenn Ihr wollt, einer Wiederver-
einigung ohne Trennung übersteigt alle Begriffe. Ich fiel ihr
um den Hals, sie erwiderte meine Liebkosungen, und das
kleine Paar fühlte sich so glücklich als das große.

Mit einiger Unbequemlichkeit stiegen wir nunmehr an
einem Hügel hinauf; denn die Matte war für uns beinah ein
undurchdringlicher Wald geworden. Doch gelangten wir
endlich auf eine Blöße, und wie erstaunt war ich, dort eine

große, geregelte Masse zu sehn, die ich doch bald für das Kästchen, in dem Zustand, wie ich es hingesetzt hatte, wieder erkennen mußte.

»Gehe hin, mein Freund, und klopfe mit dem Ringe nur an, du wirst Wunder sehn«, sagte meine Geliebte. Ich trat hinzu und hatte kaum angepocht, so erlebte ich wirklich das größte Wunder. Zwei Seitenflügel bewegten sich hervor, und zugleich fielen wie Schuppen und Späne verschiedene Teile herunter, da mir denn Türen, Fenster, Säulengänge und alles, was zu einem vollständigen Palaste gehört, auf einmal zu Gesichte kamen.

Wer einen künstlichen Schreibtisch von Röntgen gesehn hat, wo mit einem Zug viele Federn und Ressorts in Bewegung kommen, Pult und Schreibzeug, Brief- und Geldfächer sich auf einmal oder kurz nacheinander entwickeln, der wird sich eine Vorstellung machen können, wie sich jener Palast entfaltete, in welchen mich meine süße Begleiterin nunmehr hineinzog. In dem Hauptsaal erkannte ich sogleich das Kamin, das ich ehemals von oben gesehn, und den Sessel, worauf sie gesessen. Und als ich über mich blickte, glaubte ich wirklich noch etwas von dem Sprunge in der Kuppel zu bemerken, durch den ich hereingeschaut hatte. Ich verschone euch mit Beschreibung des übrigen; genug, alles war geräumig, köstlich und geschmackvoll. Kaum hatte ich mich von meiner Verwunderung erholt, als ich von fern eine militärische Musik vernahm. Meine schöne Hälfte sprang vor Freuden auf und verkündigte mir mit Entzücken die Ankunft ihres Herrn Vaters. Hier traten wir unter die Türe und schauten, wie aus einer ansehnlichen Felskluft ein glänzender Zug sich bewegte. Soldaten, Bediente, Hausoffizianten und ein glänzender Hofstaat folgten hintereinander. Endlich erblickte man ein goldnes Gedränge und in demselben den König selbst. Als der ganze Zug vor dem Palast aufgestellt war, trat der König mit seiner nächsten Umgebung heran. Seine zärtliche Tochter eilte ihm entgegen, sie riß mich mit sich fort, wir warfen uns ihm zu Füßen, er hob mich sehr gnädig auf, und als ich vor ihn zu stehen kam, bemerkte ich erst, daß ich freilich in dieser kleinen Welt die ansehnlichste Statur hatte. Wir gingen zusammen nach dem Palaste, da mich der König in Gegenwart seines ganzen Hofes mit einer wohlstudierten Rede, worin er seine Überraschung, uns hier zu finden, ausdrückte, zu bewillkommnen geruhte, mich als seinen Schwiegersohn erkannte und die Trauungszeremonie auf Morgen ansetzte.

Wie schrecklich ward mir auf einmal zumute, als ich von Heirat reden hörte: denn ich fürchtete mich bisher davor fast mehr als vor der Musik selbst, die mir doch sonst das Verhaßteste auf Erden schien. Diejenigen, die Musik machen, pflegte ich zu sagen, stehen doch wenigstens in der Einbildung, untereinander einig zu sein und in Übereinstimmung zu wirken: denn wenn sie lange genug gestimmt und uns die Ohren mit allerlei Mißtönen zerrissen haben, so glauben sie steif und fest, die Sache sei nunmehr aufs Reine gebracht und ein Instrument passe genau zum andern. Der Kapellmeister selbst ist in diesem glücklichen Wahn, und nun geht es freudig los, unterdes uns andern immerfort die Ohren gellen. Bei dem Ehestand hingegen ist dies nicht einmal der Fall: denn ob er gleich nur ein Duett ist und man doch denken sollte, zwei Stimmen, ja zwei Instrumente müßten einigermaßen übereingestimmt werden können, so trifft es doch selten zu, denn wenn der Mann einen Ton angibt, so nimmt ihn die Frau gleich höher und der Mann wieder höher; da geht es denn aus dem Kammer- in den Chorton und immer so weiter hinauf, daß zuletzt die blasenden Instrumente selbst nicht folgen können. Und also, da mir die harmonische Musik zuwider bleibt, so ist mir noch weniger zu verdenken, daß ich die disharmonische gar nicht leiden kann.

Von allen Festlichkeiten, worunter der Tag hinging, mag und kann ich nicht erzählen; denn ich achtete gar wenig darauf. Das kostbare Essen, der köstliche Wein; nichts wollte mir schmecken. Ich sann und überlegte, was ich zu tun hätte. Doch da war nicht viel auszusinnen. Ich entschloß mich, als es Nacht wurde, kurz und gut, auf und davon zu gehn und mich irgendwo zu verbergen. Auch gelangte ich glücklich zu einer Steinritze, in die ich mich hineinzwängte und so gut als möglich verbarg. Mein erstes Bemühen darauf war, den unglücklichen Ring vom Finger zu schaffen, welches jedoch mir keineswegs gelingen wollte, vielmehr mußte ich fühlen, daß er immer enger ward, sobald ich ihn abzuziehn gedachte, worüber ich heftige Schmerzen litt, die aber sogleich nachließen, sobald ich von meinem Vorhaben abstand.

Frühmorgens wach' ich auf – denn meine kleine Person hatte sehr gut geschlafen – und wollte mich eben weiter umsehen, als es über mir wie zu regnen anfing. Es fiel nämlich durch Gras, Blätter und Blumen wie Sand und Grus in Menge herunter; allein wie entsetzte ich mich, als alles um mich her lebendig ward und ein unendliches Ameisenheer über mich niederstürzte. Kaum wurden sie mich gewahr, als sie mich von allen Seiten angriffen und, ob ich mich gleich wacker und mutig genug verteidigte, doch zuletzt auf solche Weise zudeckten, kneipten und peinigten, daß ich froh war, als ich mir zurufen hörte, ich solle mich ergeben. Ich ergab mich wirklich und gleich, worauf denn eine Ameise von ansehnlicher Statur sich mit Höflichkeit, ja mit Ehrfurcht näherte und sich sogar meiner Gunst empfahl. Ich vernahm, daß die Ameisen Alliierte meines Schwiegervaters geworden und daß er sie im gegenwärtigen Fall aufgerufen und verpflichtet, mich herbeizuschaffen. Nun war ich Kleiner in den Händen von Nochkleinern. Ich sah der Trauung entgegen und mußte noch Gott danken, wenn mein Schwiegervater nicht zürnte, wenn meine Schöne nicht verdrüßlich geworden.

Laßt mich nun von allen Zeremonien schweigen; genug, wir waren verheiratet. So lustig und munter es jedoch bei uns herging, so fanden sich dem ungeachtet einsame Stunden, in denen man zum Nachdenken verleitet wird, und mir begegnete, was mir noch niemals begegnet war; was aber und wie, das sollt Ihr vernehmen.

Alles um mich her war meiner gegenwärtigen Gestalt und meinen Bedürfnissen völlig gemäß, die Flaschen und Becher einem kleinen Trinker wohl proportioniert, ja wenn man will, verhältnismäßig besseres Maß als bei uns. Meinem kleinen Gaumen schmeckten die zarten Bissen vortrefflich, ein Kuß von dem Mündchen meiner Gattin war gar zu reizend, und ich leugne nicht, die Neuheit machte mir alle diese Verhältnisse höchst angenehm. Dabei hatte ich jedoch leider meinen vorigen Zustand nicht vergessen. Ich empfand in mir einen Maßstab voriger Größe, welches mich unruhig und unglücklich machte. Nun begriff ich zum erstenmal, was die Philosophen unter ihren Idealen verstehen möchten, wodurch die Menschen so gequält sein sollen. Ich hatte ein Ideal von mir selbst und erschien mir manchmal im Traum wie ein Riese. Genug, die Frau, der Ring, die Zwergenfigur, so viele andere Bande machten mich ganz und gar unglücklich, daß ich auf meine Befreiung im Ernst zu denken begann.

Weil ich überzeugt war, daß der ganze Zauber in dem Ring verborgen liege, so beschloß ich, ihn abzufeilen. Ich entwendete deshalb dem Hofjuwelier einige Feilen. Glücklicherweise war ich links, und ich hatte in meinem Leben niemals etwas rechts gemacht: ich hielt mich tapfer an die Arbeit; sie war nicht gering: denn das goldne Reifchen, so dünn es aussah, war in dem Verhältnis dichter geworden, als es sich aus seiner ersten Größe zusammengezogen hatte. Alle freien Stunden wendete ich unbeobachtet an dieses Geschäft und war klug genug, als das Metall bald durchgefeilt war, vor die Türe zu treten. Das war mir geraten: denn auf einmal sprang der goldne Reif mit Gewalt vom Finger, und meine Figur schoß mit solcher Heftigkeit in die Höhe, daß ich wirklich an den Himmel zu stoßen glaubte und auf alle Fälle die Kuppel unseres Sommerpalastes durchgestoßen, ja das ganze Sommergebäude durch meine frische Unbehülflichkeit zerstört haben würde.

Da stand ich nun wieder, freilich um so vieles größer, allein, wie mir vorkam, auch um vieles dümmer und unbehülflicher. Und als ich mich aus meiner Betäubung erholt, sah ich die Schatulle neben mir stehn, die ich ziemlich schwer fand, als ich sie aufhob und den Fußpfad hinunter nach der Station trug, wo ich denn gleich einspannen und fortfahren ließ. Unterwegs machte ich sogleich den Versuch mit den Täschchen an beiden Seiten. An der Stelle des Geldes, welches ausgegangen schien, fand ich ein Schlüsselchen; es gehörte zur Schatulle, in welcher ich einen ziemlichen Ersatz fand. Solange das vorhielt, bediente ich mich des Wagens; nachher wurde dieser verkauft, um mich auf dem Postwagen fortzubringen. Die Schatulle schlug ich zuletzt los, weil ich immer dachte, sie sollte sich noch einmal füllen, und so kam ich denn endlich, obgleich durch einen ziemlichen Umweg, wieder an den Herd zur Köchin, wo Ihr mich zuerst habt kennen lernen.

»Doch sie verraten müßt ihr nicht«

Die pilgernde Törin

Herr von Revanne, ein reicher Privatmann, besitzt die schönsten Ländereien seiner Provinz. Nebst Sohn und Schwester bewohnt er ein Schloß, das eines Fürsten würdig wäre; und in der Tat, wenn sein Park, seine Wasser, seine Pachtungen, seine Manufakturen, sein Hauswesen auf sechs Meilen umher die Hälfte der Einwohner ernähren, so ist er durch sein Ansehn und durch das Gute, das er stiftet, wirklich ein Fürst.

Vor einigen Jahren spazierte er an den Mauern seines Parks hin auf der Heerstraße, und ihm gefiel, in einem Lustwäldchen auszuruhen, wo der Reisende gern verweilt. Hochstämmige Bäume ragen über junges, dichtes Gebüsch; man ist vor Wind und Sonne geschützt; ein sauber gefaßter Brunnen sendet sein Wasser über Wurzeln, Steine und Rasen. Der Spazierende hatte wie gewöhnlich Buch und Flinte bei sich. Nun versuchte er zu lesen, öfters durch Gesang der Vögel, manchmal durch Wanderschritte angenehm abgezogen und zerstreut.

Ein schöner Morgen war im Vorrücken, als jung und liebenswürdig ein Frauenzimmer sich gegen ihn her bewegte. Sie verließ die Straße, indem sie sich Ruhe und Erquickung an dem frischen Orte zu versprechen schien, wo er sich befand. Sein Buch fiel ihm aus den Händen, überrascht wie er war. Die Pilgerin mit den schönsten Augen von der Welt und einem Gesicht, durch Bewegung angenehm belebt, zeichnete sich an Körperbau, Gang und Anstand dergestalt aus, daß er unwillkürlich von seinem Platze aufstand und nach der

Straße blickte, um das Gefolge kommen zu sehen, das er hinter ihr vermutete. Dann zog die Gestalt abermals, indem sie sich edel gegen ihn verbeugte, seine Aufmerksamkeit an sich, und ehrerbietig erwiderte er den Gruß. Die schöne Reisende setzte sich an den Rand des Quells, ohne ein Wort zu sagen und mit einem Seufzer.

»Seltsame Wirkung der Sympathie!« rief Herr von Revanne, als er mir die Begebenheit erzählte: »dieser Seufzer ward in der Stille von mir erwidert. Ich blieb stehen, ohne zu wissen, was ich sagen oder tun sollte. Meine Augen waren nicht hinreichend, diese Vollkommenheiten zu fassen. Ausgestreckt wie sie lag, auf einen Ellbogen gelehnt, es war die schönste Frauengestalt, die man sich denken konnte! Ihre Schuhe gaben mir zu eigenen Betrachtungen Anlaß; ganz bestaubt, deuteten sie auf einen langen zurückgelegten Weg, und doch waren ihre seidenen Strümpfe so blank, als wären sie eben unter dem Glättstein hervorgegangen. Ihr aufgezogenes Kleid war nicht zerdrückt; ihre Haare schienen diesen Morgen erst gelockt; feines Weißzeug, feine Spitzen; sie war angezogen, als wenn sie zum Balle gehen sollte. Auf eine Landstreicherin deutete nichts an ihr, und doch war sie's; aber eine beklagenswerte, eine verehrungswürdige.

Zuletzt benutzte ich einige Blicke, die sie auf mich warf, sie zu fragen, ob sie allein reise. ›Ja, mein Herr‹, sagte sie: ›ich bin allein auf der Welt.‹ – ›Wie? Madam, Sie sollten ohne Eltern, ohne Bekannte sein?‹ – ›Das wollte ich eben nicht sagen, mein Herr. Eltern hab' ich und Bekannte genug; aber keine Freunde.‹ – ›Daran‹, fuhr ich fort, ›können Sie wohl unmöglich schuld sein. Sie haben eine Gestalt und gewiß auch ein Herz, denen sich viel vergeben läßt.‹

Sie fühlte die Art von Vorwurf, den mein Kompliment

verbarg, und ich machte mir einen guten Begriff von ihrer Erziehung. Sie öffnete gegen mich zwei himmlische Augen vom vollkommensten, reinsten Blau, durchsichtig und glänzend; hierauf sagte sie mit edlem Tone: sie könne es einem Ehrenmanne, wie ich zu sein scheine, nicht verdenken, wenn er ein junges Mädchen, das er allein auf der Landstraße treffe, einigermaßen verdächtig halte: ihr sei das schon öfter entgegen gewesen; aber ob sie gleich fremd sei, obgleich niemand das Recht habe, sie auszuforschen, so bitte sie doch zu glauben, daß die Absicht ihrer Reise mit der gewissenhaftesten Ehrbarkeit bestehen könne. Ursachen, von denen sie niemandem Rechenschaft schuldig sei, nötigten sie, ihre Schmerzen in der Welt umherzuführen. Sie habe gefunden, daß die Gefahren, die man für ihr Geschlecht befürchte, nur eingebildet seien und daß die Ehre eines Weibes, selbst unter Straßenräubern, nur bei Schwäche des Herzens und der Grundsätze Gefahr laufe.

Übrigens gehe sie nur zu Stunden und auf Wegen, wo sie sich sicher glaube, spreche nicht mit jedermann und verweile manchmal an schicklichen Orten, wo sie ihren Unterhalt erwerben könne durch Dienstleistung in der Art, wonach sie erzogen worden. Hier sank ihre Stimme, ihre Augenlider neigten sich, und ich sah einige Tränen ihre Wangen herabfallen.

Ich versetzte darauf, daß ich keineswegs an ihrem guten Herkommen zweifele, so wenig als an einem achtungswerten Betragen. Ich bedaure sie nur, daß irgendeine Notwendigkeit sie zu dienen zwinge, da sie so wert scheine, Diener zu finden; und daß ich, ungeachtet einer lebhaften Neugierde, nicht weiter in sie dringen wolle, vielmehr mich durch ihre nähere Bekanntschaft zu überzeugen wünsche, daß sie überall für ihren Ruf ebenso besorgt sei als für ihre

Tugend. Diese Worte schienen sie abermals zu verletzen, denn sie antwortete: Namen und Vaterland verberge sie, eben um des Rufs willen, der denn doch am Ende meistenteils weniger Wirkliches als Mutmaßliches enthalte. Biete sie ihre Dienste an, so weise sie Zeugnisse der letzten Häuser vor, wo sie etwas geleistet habe, und verhehle nicht, daß sie über Vaterland und Familie nicht befragt sein wolle. Darauf bestimme man sich und stelle dem Himmel oder ihrem Worte die Unschuld ihres ganzen Lebens und ihre Redlichkeit anheim.«

Äußerungen dieser Art ließen keine Geistesverwirrung bei der schönen Abenteurerin argwohnen. Herr von Revanne, der einen solchen Entschluß, in die Welt zu laufen, nicht gut begreifen konnte, vermutete nun, daß man sie vielleicht gegen ihre Neigung habe verheiraten wollen. Hernach fiel er darauf, ob es nicht etwa gar Verzweiflung aus Liebe sei; und wunderlich genug, wie es aber mehr zu gehen pflegt, indem er ihr Liebe für einen andern zutraute, verliebte er sich selbst und fürchtete, sie möchte weiterreisen. Er konnte seine Augen nicht von dem schönen Gesicht wegwenden, das von einem grünen Halblichte verschönert war. Niemals zeigte, wenn es je Nymphen gab, auf den Rasen sich eine schönere hingestreckt; und die etwas romanhafte Art dieser Zusammenkunft verbreitete einen Reiz, dem er nicht zu widerstehen vermochte.

Ohne daher die Sache viel näher zu betrachten, bewog Herr von Revanne die schöne Unbekannte, sich nach dem Schlosse führen zu lassen. Sie macht keine Schwierigkeit, sie geht mit und zeigt sich als eine Person, der die große Welt bekannt ist. Man bringt Erfrischungen, welche sie annimmt, ohne falsche Höflichkeit und mit dem anmutigsten Dank. In Erwartung des Mittagessens zeigt man ihr das Haus. Sie bemerkt nur, was Auszeichnung verdient, es sei an Möblen, Malereien oder es betreffe die schickliche Einteilung der Zimmer. Sie findet eine Bibliothek, sie kennt die guten Bücher und spricht darüber mit Geschmack und Bescheidenheit. Kein Geschwätz, keine Verlegenheit. Bei Tafel ein eben so edles und natürliches Betragen und den liebenswürdigsten Ton der Unterhaltung. So weit ist alles verständig in ihrem Gespräch, und ihr Charakter scheint so liebenswürdig wie ihre Person.

Nach der Tafel machte sie ein kleiner mutwilliger Zug noch schöner, und indem sie sich an Fräulein Revanne mit einem Lächeln wendet, sagt sie: es sei ihr Brauch, ihr Mittagsmahl durch eine Arbeit zu bezahlen und, sooft es ihr an Geld fehle, Nähnadeln von den Wirtinnen zu verlangen. »Erlauben Sie«, fügte sie hinzu, »daß ich eine Blume auf einem Ihrer Stickrahmen lasse, damit Sie künftig bei deren Anblick der armen Unbekannten sich erinnern mögen.« Fräulein von Revanne versetzte darauf, daß es ihr sehr leid tue, keinen aufgezognen Grund zu haben, und deshalb das Vergnügen, ihre Geschicklichkeit zu bewundern, entbehren müsse. Alsbald wendete die Pilgerin ihren Blick auf das Klavier. »So will ich denn«, sagte sie, »meine Schuld mit Windmünze abtragen, wie es auch ja sonst schon die Art umherstreifender Sänger war.« Sie versuchte das Instrument mit zwei oder drei Vorspielen, die eine sehr geübte Hand ankündigten. Man zweifelte nicht mehr, daß sie ein Frauenzimmer von Stande sei, ausgestattet mit allen liebenswürdigen Geschicklichkeiten. Zuerst war ihr Spiel aufgeweckt und glänzend; dann ging sie zu ernsten Tönen über, zu Tönen einer tiefen Trauer, die man zugleich in ihren Augen erblickte. Sie netzten sich mit Tränen, ihr Gesicht verwandelte sich, ihre Finger hielten an; aber auf einmal überraschte sie jedermann, indem sie ein mutwilliges Lied, mit der schönsten Stimme von der Welt, lustig und lächerlich vorbrachte. Da man in der Folge Ursache hatte zu glauben, daß diese burleske Romanze sie etwas näher angehe, so verzeiht man mir wohl, wenn ich sie hier einschalte.

Woher im Mantel so geschwinde?
Da kaum der Tag in Osten graut.
Hat wohl der Freund beim scharfen Winde
Auf einer Wallfahrt sich erbaut?
Wer hat ihm seinen Hut genommen?
Mag er mit Willen barfuß gehn?
Wie ist er in den Wald gekommen?
Auf den beschneiten, wilden Höhn.

Gar wunderlich, von warmer Stätte
Wo er sich bessern Spaß versprach,
Und wenn er nicht den Mantel hätte
Wie gräßlich wäre seine Schmach!
So hat ihn jener Schalk betrogen
Und ihm das Bündel abgepackt:
Der arme Freund ist ausgezogen,
Beinah wie Adam bloß und nackt.

Warum auch ging er solche Wege
Nach jenem Apfel voll Gefahr,
Der freilich schön im Mühlgehege
Wie sonst im Paradiese war!
Er wird den Scherz nicht leicht erneuen;
Er drückte schnell sich aus dem Haus,
Und bricht auf einmal nun im Freien
In bittre, laute Klagen aus:

»Ich las in ihren Feuerblicken
Doch keine Silbe von Verrat!
Sie schien mit mir sich zu entzücken
Und sann auf solche schwarze Tat!
Konnt' ich in ihren Armen träumen,
Wie meuchlerisch der Busen schlug!
Sie hieß den raschen Amor säumen,
Und günstig war er uns genug.

Sich meiner Liebe zu erfreuen,
Der Nacht, die nie ein Ende nahm,
Und erst die Mutter anzuschreien,
Jetzt eben, als der Morgen kam!
Da drang ein Dutzend Anverwandten
Herein, ein wahrer Menschenstrom
Da kamen Brüder, guckten Tanten,
Da stand ein Vetter und ein Ohm!

Das war ein Toben, war ein Wüten!
Ein jeder schien ein andres Tier.
Da forderten sie Kranz und Blüten
Mit gräßlichem Geschrei von mir.
›Was dringt ihr alle wie von Sinnen
Auf den unschuld'gen Jüngling ein!
Denn solche Schätze zu gewinnen,
Da muß man viel behender sein.

Weiß Amor seinem schönen Spiele
Doch immer zeitig nachzugehn:
Er läßt fürwahr nicht in der Mühle
Die Blumen sechzehn Jahre stehn.‹ –
Da raubten sie das Kleiderbündel

Und wollten auch den Mantel noch.
Wie nur so viel verflucht Gesindel
Im engen Hause sich verkroch!

Da sprang ich auf und tobt' und fluchte,
Gewiß, durch alle durchzugehn.
Ich sah noch einmal die Verruchte,
Und ach! sie war noch immer schön.
Sie alle wichen meinem Grimme;
Doch flog noch manches wilde Wort,
So macht' ich mich mit Donnerstimme
Noch endlich aus der Höhle fort.

Man soll euch Mädchen auf dem Lande
Wie Mädchen aus den Städten fliehn!
So lasset doch den Fraun von Stande
Die Lust, die Diener auszuziehn!
Doch seid ihr auch von den Geübten
Und kennt ihr keine zarte Pflicht;
So ändert immer die Geliebten,
Doch sie verraten müßt ihr nicht.«

So singt er in der Winterstunde,
Wo nicht ein armes Hälmchen grünt.
Ich lache seiner tiefen Wunde,
Denn wirklich ist sie wohlverdient.
So geh' es jedem, der am Tage
Sein edles Liebchen frech belügt
Und nachts, mit allzu kühner Wage,
Zu Amors falscher Mühle kriecht.

Wohl war es bedenklich, daß sie sich auf eine solche Weise vergessen konnte, und dieser Ausfall mochte für ein Anzeichen eines Kopfes gelten, der sich nicht immer gleich war. »Aber«, sagte mir Herr von Revanne, »auch wir vergaßen alle Betrachtungen, die wir hätten machen können, ich weiß nicht, wie es zuging. Uns mußte die unaussprechliche Anmut, womit sie diese Possen vorbrachte, bestochen haben. Sie spielte neckisch, aber mit Einsicht. Ihre Finger gehorchten ihr vollkommen, und ihre Stimme war wirklich bezaubernd. Da sie geendigt hatte, erschien sie so gesetzt wie vorher, und wir glaubten, sie habe nur den Augenblick der Verdauung erheitern wollen.

Bald darauf bat sie um die Erlaubnis, ihren Weg wieder anzutreten; aber auf meinen Wink sagte meine Schwester: wenn sie nicht zu eilen hätte und die Bewirtung ihr nicht mißfiele; so würde es uns ein Fest sein, sie mehrere Tage bei uns zu sehen. Ich dachte ihr eine Beschäftigung anzubieten, da sie sich's einmal gefallen ließ zu bleiben. Doch diesen ersten Tag und den folgenden führten wir sie nur umher. Sie verleugnete sich nicht einen Augenblick: sie war die Vernunft, mit aller Anmut begabt. Ihr Geist war fein und treffend, ihr Gedächtnis so wohl ausgeziert und ihr Gemüt so schön, daß sie gar oft unsere Bewunderung erregte und alle unsere Aufmerksamkeit festhielt. Dabei kannte sie die Gesetze eines guten Betragens und übte sie gegen einen jeden von uns, nicht weniger gegen einige Freunde, die uns besuchten, so vollkommen aus, daß wir nicht mehr wußten, wie wir jene Sonderbarkeiten mit einer solchen Erziehung vereinigen sollten.

Ich wagte wirklich nicht mehr, ihr Dienstvorschläge für mein Haus zu tun. Meine Schwester, der sie angenehm war, hielt es gleichfalls für Pflicht, das Zartgefühl der Unbekannten zu schonen. Zusammen besorgten sie die häuslichen Dinge, und hier ließ sich das gute Kind öfters bis zur Handarbeit herunter und wußte sich gleich darauf in alles zu schicken, was höhere Anordnung und Berechnung erheischte.

In kurzer Zeit stellte sie eine Ordnung her, die wir bis jetzt im Schlosse gar nicht vermißt hatten. Sie war eine sehr verständige Haushälterin; und da sie damit angefangen hatte, bei uns mit an Tafel zu sitzen, so zog sie sich nunmehr nicht etwa aus falscher Bescheidenheit zurück, sondern speiste mit uns ohne Bedenken fort; aber sie rührte keine Karte, kein Instrument an, als bis sie die übernommenen Geschäfte zu Ende gebracht hatte.

Nun muß ich freilich gestehen, daß mich das Schicksal dieses Mädchens innigst zu rühren anfing. Ich bedauerte die Eltern, die wahrscheinlich eine solche Tochter sehr vermißten; ich seufzte, daß so sanfte Tugenden, so viele Eigenschaften verlorengehen sollten. Schon lebte sie mehrere Monate mit uns, und ich hoffte, das Vertrauen, das wir ihr einzuflößen suchten, würde zuletzt das Geheimnis auf ihre Lippen bringen. War es ein Unglück, wir konnten helfen; war es ein Fehler, so ließ sich hoffen, unsre Vermittelung, unser Zeugnis würden ihr Vergebung eines vorübergehenden Irrtums verschaffen können; aber alle unsere Freundschaftsversicherungen, unsre Bitten selbst waren unwirksam. Bemerkte sie die Absicht, einige Aufklärung von ihr zu gewinnen, so versteckte sie sich hinter allgemeine Sittensprüche, um sich zu rechtfertigen, ohne uns zu belehren. Zum Beispiel, wenn wir von ihrem Unglücke sprachen: ›Das Unglück‹, sagte sie, ›fällt über Gute und Böse. Es ist eine wirksame Arzenei, welche die guten Säfte zugleich mit den üblen angreift.‹

Suchten wir die Ursache ihrer Flucht aus dem väterlichen

Hause zu entdecken: ›Wenn das Reh flieht‹, sagte sie lächelnd, ›so ist es darum nicht schuldig.‹ Fragten wir, ob sie Verfolgungen erlitten: ›Das ist das Schicksal mancher Mädchen von guter Geburt, Verfolgungen zu erfahren und auszuhalten. Wer über eine Beleidigung weint, dem werden mehrere begegnen.‹ Aber wie hatte sie sich entschließen können, ihr Leben der Rohheit der Menge auszusetzen oder es wenigstens manchmal ihrem Erbarmen zu verdanken? Darüber lachte sie wieder und sagte: ›Dem Armen, der den Reichen bei Tafel begrüßt, fehlt es nicht an Verstand.‹ Einmal, als die Unterhaltung sich zum Scherze neigte, sprachen wir ihr von Liebhabern und fragten sie: ob sie den frostigen Helden ihrer Romanze nicht kenne? Ich weiß noch recht gut, dieses Wort schien sie zu durchbohren. Sie öffnete gegen mich ein Paar Augen, so ernst und streng, daß die meinigen einen solchen Blick nicht aushalten konnten; und sooft man auch nachher von Liebe sprach, so konnte man erwarten, die Anmut ihres Wesens und die Lebhaftigkeit ihres Geistes getrübt zu sehen. Gleich fiel sie in ein Nachdenken, das wir für Grübeln hielten und das doch wohl nur Schmerz war. Doch blieb sie im ganzen munter, nur ohne große Lebhaftigkeit, edel, ohne sich ein Ansehn zu geben, gerade ohne Offenherzigkeit, zurückgezogen ohne Ängstlichkeit, eher duldsam als sanftmütig und mehr erkenntlich als herzlich bei Liebkosungen und Höflichkeiten. Gewiß war es ein Frauenzimmer, gebildet, einem großen Hause vorzustehn; und doch schien sie nicht älter als einundzwanzig Jahre.

So zeigte sich diese junge unerklärliche Person, die mich ganz eingenommen hatte, binnen zwei Jahren, die es ihr gefiel bei uns zu verweilen, bis sie mit einer Torheit schloß, die viel seltsamer ist, als ihre Eigenschaften ehrwürdig und glänzend waren. Mein Sohn, jünger als ich, wird sich trösten können; was mich betrifft, so fürchte ich, schwach genug zu sein, sie immer zu vermissen.«

Nun will ich die Torheit eines verständigen Frauenzimmers erzählen, um zu zeigen, daß Torheit oft nichts weiter sei als Vernunft unter einem andern Äußern. Es ist wahr, man wird einen seltsamen Widerspruch finden zwischen dem edlen Charakter der Pilgerin und der komischen List, deren sie sich bediente; aber man kennt ja schon zwei ihrer Ungleichheiten, die Pilgerschaft selbst und das Lied.

Es ist wohl deutlich, daß Herr von Revanne in die Unbekannte verliebt war. Nun mochte er sich freilich auf sein funfzigjähriges Gesicht nicht verlassen, ob er so schon frisch und wacker aussah als ein Dreißiger; vielleicht aber hoffte er, durch seine reine, kindliche Gesundheit zu gefallen, durch die Güte, Heiterkeit, Sanftheit, Großmut seines Charakters; vielleicht auch durch sein Vermögen, ob er gleich zart genug gesinnt war, um zu fühlen, daß man das nicht erkauft, was keinen Preis hat.

Aber der Sohn von der andern Seite, liebenswürdig, zärtlich, feurig, ohne sich mehr als sein Vater zu bedenken, stürzte sich über Hals und Kopf in das Abenteuer. Erst suchte er vorsichtig die Unbekannte zu gewinnen, die ihm durch seines Vaters und seiner Tante Lob und Freundschaft erst recht wert geworden. Er bemühte sich aufrichtig um ein liebenswürdiges Weib, die seiner Leidenschaft weit über den gegenwärtigen Zustand erhöht schien. Ihre Strenge mehr als ihr Verdienst und ihre Schönheit entflammte ihn; er wagte zu reden, zu unternehmen, zu versprechen.

Der Vater, ohne es selbst zu wollen, gab seiner Bewerbung immer ein etwas väterliches Ansehn. Er kannte sich, und als er seinen Rival erkannt hatte, hoffte er nicht, über ihn zu siegen, wenn er nicht zu Mitteln greifen wollte, die einem

Manne von Grundsätzen nicht geziemen. Demungeachtet verfolgte er seinen Weg, ob ihm gleich nicht unbekannt war, daß Güte, ja Vermögen selbst nur Reizungen sind, denen sich ein Frauenzimmer mit Vorbedacht hingibt, die jedoch unwirksam bleiben, sobald Liebe sich mit den Reizen und in Begleitung der Jugend zeigt. Auch machte Herr von Revanne noch andere Fehler, die er später bereuete. Bei einer hochachtungsvollen Freundschaft sprach er von einer dauerhaften, geheimen, gesetzmäßigen Verbindung. Er beklagte sich auch wohl und sprach das Wort Undankbarkeit aus. Gewiß kannte er die nicht, die er liebte, als er eines Tages zu ihr sagte, daß viele Wohltäter Übles für Gutes zurückerhielten. Ihm antwortete die Unbekannte mit Geradheit: »Viele Wohltäter möchten ihren Begünstigten sämtliche Rechte gern abhandeln für eine Linse.«

Die schöne Fremde, in die Bewerbung zweier Gegner verwickelt, durch unbekannte Beweggründe geleitet, scheint keine andere Absicht gehabt zu haben, als sich und andern alberne Streiche zu ersparen, indem sie in diesen bedenklichen Umständen einen wunderlichen Ausweg ergriff. Der Sohn drängte mit der Kühnheit seines Alters und drohte, wie gebräuchlich, sein Leben der Unerbittlichen aufzuopfern. Der Vater, etwas weniger unvernünftig, war doch ebenso dringend; aufrichtig beide. Dieses liebenswürdige Wesen hätte sich hier wohl eines verdienten Zustandes versichern können: denn beide Herren von Revanne beteuern, ihre Absicht sei gewesen, sie zu heiraten.

Aber an dem Beispiele dieses Mädchens mögen die Frauen lernen, daß ein redliches Gemüt, hätte sich auch der Geist durch Eitelkeit oder wirklichen Wahnsinn verirrt, die Herzenswunden nicht unterhält, die es nicht heilen will. Die Pilgerin fühlte, daß sie auf einem äußersten Punkte stehe, wo es ihr wohl nicht leicht sein würde, sich lange zu verteidigen. Sie war in der Gewalt zweier Liebenden, welche jede Zudringlichkeit durch die Reinheit ihrer Absichten entschuldigen konnten, indem sie im Sinne hatten, ihre Verwegenheit durch ein feierliches Bündnis zu rechtfertigen. So war es, und so begriff sie es.

Sie konnte sich hinter Fräulein von Revanne verschanzen; sie unterließ es, ohne Zweifel aus Schonung, aus Achtung für ihre Wohltäter. Sie kommt nicht aus der Fassung, sie erdenkt ein Mittel, jedermann seine Tugend zu erhalten, indem sie die ihrige bezweifeln läßt. Sie ist wahnsinnig vor Treue, die ihr Liebhaber gewiß nicht verdient, wenn er nicht alle die Aufopferungen fühlt, und sollten sie ihm auch unbekannt bleiben.

Eines Tages, als Herr von Revanne die Freundschaft, die Dankbarkeit, die sie ihm bezeigte, etwas zu lebhaft erwiderte, nahm sie auf einmal ein naives Wesen an, das ihm auffiel. »Ihre Güte, mein Herr«, sagte sie, »ängstigt mich; und lassen Sie mich aufrichtig entdecken, warum. Ich fühle wohl, nur Ihnen bin ich meine ganze Dankbarkeit schuldig; aber freilich –« »Grausames Mädchen!« sagte Herr von Revanne, »ich verstehe Sie. Mein Sohn hat Ihr Herz gerührt.« – »Ach! mein Herr, dabei ist es nicht geblieben. Ich kann nur durch meine Verwirrung ausdrücken –« »Wie? Mademoiselle, Sie wären –« »Ich denke wohl ja«, sagte sie, indem sie sich tief verneigte und eine Träne vorbrachte: denn niemals fehlt es Frauen an einer Träne bei ihren Schalkheiten, niemals an einer Entschuldigung ihres Unrechts.

So verliebt Herr von Revanne war, so mußte er doch diese neue Art von unschuldiger Aufrichtigkeit unter dem Mutterhäubchen bewundern, und er fand die Verneigung sehr am Platze. – »Aber, Mademoiselle, das ist mir ganz unbegreiflich –«»Mir auch«, sagte sie, und ihre Tränen flossen reichlicher. Sie flossen so lange, bis Herr von Revanne, am Schluß eines sehr verdrießlichen Nachdenkens, mit ruhiger Miene das Wort wieder aufnahm und sagte: »Dies klärt mich auf! Ich sehe, wie lächerlich meine Forderungen sind. Ich mache Ihnen keine Vorwürfe, und als einzige Strafe für den Schmerz, den Sie mir verursachen, verspreche ich Ihnen von seinem Erbteile so viel, als nötig ist, um zu erfahren, ob er Sie so sehr liebt als ich.« – »Ach! mein Herr, erbarmen Sie sich meiner Unschuld und sagen ihm nichts davon.«

Verschwiegenheit fordern ist nicht das Mittel, sie zu erlangen. Nach diesen Schritten erwartete nun die unbekannte Schöne, ihren Liebhaber voll Verdruß und höchst aufgebracht vor sich zu sehen. Bald erschien er mit einem Blicke, der niederschmetternde Worte verkündigte. Doch er stockte und konnte nichts weiter hervorbringen als: »Wie? Mademoiselle, ist es möglich?« – »Nun was denn, mein Herr?« sagte sie mit einem Lächeln, das bei einer solchen Gelegenheit zum Verzweifeln bringen kann. – »Wie? was denn? Gehen Sie, Mademoiselle, Sie sind mir ein schönes Wesen! Aber wenigstens sollte man rechtmäßige Kinder nicht enterben; es ist schon genug, sie anzuklagen. Ja, Mademoiselle, ich durchdringe Ihr Komplott mit meinem Vater. Sie geben mir beide einen Sohn, und es ist mein Bruder, das bin ich gewiß!«

Mit ebenderselben ruhigen und heitern Stirne antwortete ihm die schöne Unkluge: »Von nichts sind Sie gewiß; es ist weder Ihr Sohn noch Ihr Bruder. Die Knaben sind bösartig; ich habe keinen gewollt; es ist ein armes Mädchen, das ich weiterführen will, weiter, ganz weit von den Menschen, den Bösen, den Toren und den Ungetreuen.«

Darauf ihrem Herzen Luft machend: »Leben Sie wohl!«

fuhr sie fort, »leben Sie wohl, lieber Revanne! Sie haben von Natur ein redliches Herz; erhalten Sie die Grundsätze der Aufrichtigkeit. Diese sind nicht gefährlich bei einem gegründeten Reichtum. Sein Sie gut gegen Arme. Wer die Bitte bekümmerter Unschuld verachtet, wird einst selbst bitten und nicht erhört werden. Wer sich kein Bedenken macht, das Bedenken eines schutzlosen Mädchens zu verachten, wird das Opfer werden von Frauen ohne Bedenken. Wer nicht fühlt, was ein ehrbares Mädchen empfinden muß, wenn man um sie wirbt, der verdient, sie nicht zu erhalten. Wer gegen alle Vernunft, gegen die Absichten, gegen den Plan seiner Familie, zugunsten seiner Leidenschaften Entwürfe schmiedet, verdient die Früchte seiner Leidenschaft zu entbehren und der Achtung seiner Familie zu ermangeln. Ich glaube wohl, Sie haben mich aufrichtig geliebt; aber, mein lieber Revanne, die Katze weiß wohl, wem sie den Bart leckt; und werden Sie jemals der Geliebte eines würdigen Weibes, so erinnern Sie sich der Mühle des Ungetreuen. Lernen Sie an meinem Beispiel sich auf die Standhaftigkeit und Verschwiegenheit Ihrer Geliebten verlassen. Sie wissen, ob ich untreu bin, Ihr Vater weiß es auch. Ich gedachte durch die Welt zu rennen und mich allen Gefahren auszusetzen. Gewiß diejenigen sind die größten, die mich in diesem Hause bedrohen. Aber weil Sie jung sind, sage ich es Ihnen allein und im Vertrauen: Männer und Frauen sind nur mit Willen ungetreu; und das wollt' ich dem Freunde von der Mühle beweisen, der mich vielleicht wieder sieht, wenn sein Herz rein genug sein wird, zu vermissen, was er verloren hat.«

Der junge Revanne hörte noch zu, da sie schon ausgesprochen hatte. Er stand wie vom Blitz getroffen; Tränen öffneten zuletzt seine Augen, und in dieser Rührung lief er zur

Tante, zum Vater, ihnen zu sagen: Mademoiselle gehe weg, Mademoiselle sei ein Engel, oder vielmehr ein Dämon, herumirrend in der Welt, um alle Herzen zu peinigen. Aber die Pilgerin hatte so gut sich vorgesehen, daß man sie nicht wieder fand. Und als Vater und Sohn sich erklärt hatten, zweifelte man nicht mehr an ihrer Unschuld, ihren Talenten, ihrem Wahnsinn. So viel Mühe sich auch Herr von Revanne seit der Zeit gegeben, war es ihm doch nicht gelungen, sich die mindeste Aufklärung über diese schöne Person zu verschaffen, die so flüchtig wie die Engel und so liebenswürdig erschienen war.

Nachwort

Wer kennt sie nicht, die Gedichte »Neue Liebe, neues Leben«, »Rastlose Liebe« oder jene drei Strophen aus dem »West-östlichen Divan«, die den Namen eines Baumes tragen, »Gingo biloba«, und das berühmte Altersgedicht, die »Marienbader Elegie«?

Fast alle Dichtungen Goethes sind vom Impuls der Liebe getragen, von der erotischen Liebe, aber nicht nur von ihr, sondern auch von der Menschenliebe, von der Liebe zur Natur, von der hingebungsvoll liebenden Begeisterung für die Welt, für das Sichtbare ebenso wie für das Verborgene. Und auch Goethes Lebenslauf wird, wie wir wissen, von der Liebe auf vielfache Weise begleitet.

Goethes Lyrik vor allem legt Zeugnis ab von seinen Empfindungen, Hoffnungen und Enttäuschungen, ist Ausdruck von Erwartung und Resignation, Erfüllung und Entsagung. In der Lyrik klingt das Motiv der Liebe weit freudiger und zuversichtlicher als in der Prosa. Liebe verträgt sich nicht leicht mit der Prosa des Lebens, sie wird auf die Probe gestellt. Daher wird ihr in den Romanen und Erzählungen, insbesondere aber in den autobiographischen Schriften die Reflexion beigegeben, welche die völlige Preisgabe des Ich an ein Gegenüber verhindert und Gefühle an die Ordnung der Wirklichkeit oder an die der Erzählung zurückbindet.

Aus der Distanz von fast fünfzig Jahren erzählt Goethe in »Dichtung und Wahrheit« von seinen frühen Liebesbeziehungen. Fast romanhaft führt er die sogenannte Gretchen-Episode aus und zeigt, wie der Fünfzehnjährige sich verliebte; naiv und unschuldig begegnet er einem jungen Mädchen. Angesichts der Konventionen jener Epoche bleibt es bei harmlosen Zusammentreffen; von Liebe kann die Rede noch kaum sein. Noch ist es mehr kindliches Abenteuer, das der beginnende Dichter erlebt. Dies aber erscheint um so aufregender – und kann damit wohl auch ein wenig bedeutender dargestellt werden –, als es auf dem Hintergrund eines der größten politisch-gesellschaftlichen Ereignisse jener Jahre geschildert wird, der Krönung Josephs II. in Frankfurt 1764.

Mit dieser frühen Episode kündigt sich bereits ein Muster an, dem auch Goethes spätere Liebesbegegnungen folgen: Verstellung, Spiel, Enthusiasmus, die Stilisierung ins Bedeutende, schließlich die Ernüchterung und der Rückzug. In fast allen Liebesgeschichten Goethes, in den biographischen und den fiktiven, läßt sich dieses Modell, diese Abfolge der Gefühle und Taten entdecken.

1770 reitet Goethe, gemeinsam mit einem Freund, von Straßburg in das elsässische Dorf Sesenheim, wo er im Pfarrhaus jene *Friederike Brion* antrifft, die ihn zu einigen seiner schönsten Liebesgedichte inspiriert. Aber auch die Begegnung mit ihr beginnt mit einer Maskerade und endet unter dem Diktat der Ordnung: Goethe hat sich, als er Friederike zum erstenmal sieht und sich in sie verliebt, verkleidet, er scheint nicht er selbst zu sein – die Welt ist in Unordnung –, und als er zum letztenmal mit ihr zusammen ist, betrachtet er sie – befremdet – als das Mädchen vom Lande, das mit seiner deutschen Tracht kaum in das von der Pariser Mode beherrschte Straßburg paßt. Als reale Umsetzung einer literarischen Folie, eines Romans von Oliver Goldsmith, hat er das Liebeserlebnis in der Geschichte seines eigenen Lebens gewürdigt.

1787 lernte Goethe in Rom zwei höchst unterschiedliche Frauen kennen. Zu der einen, einer *schönen Mailänderin*, fühlte er sich sogleich hingezogen; sie aber war bereits einem anderen versprochen. Fast hätte er, so schreibt Goethe in seiner »Italienischen Reise«, ein zweites wertherisches Schicksal erlitten: es wäre die Wiederholung der Literatur im Leben gewesen; gelesenes Leben.

In den »Unterhaltungen deutscher Ausgewanderten«, einer Erzählsammlung nach dem Vorbild Boccaccios, hat Goethe mehrere ganz verschiedene Erzählungen versammelt. *Die Geschichte von der Sängerin Antonelli* erzählt von den dunklen Seiten der Liebe, von Mißverstehen, Eifersucht, Verrat, Verlust und Verfolgung.

Auch »Wilhelm Meisters Wanderjahre«, Goethes Altersroman, enthält eine Reihe von kürzeren und längeren Geschichten, die teils mit der Romanhandlung verknüpft sind, teils selbständige Erzählungen darstellen, wie das Märchen *Die neue Melusine*, in dem Goethe ein mittelalterliches Motiv variiert. Auch hier vermag sich der Ich-Erzähler nicht einzulassen auf den Zauber der Liebe, nicht zu vertrauen, ein Geheimnis nicht zu respektieren, und so verliert er sein Glück.

In der Erzählung *Die pilgernde Törin*, der Übersetzung einer französischen Vorlage, umwerben zwei Männer, Vater und Sohn, eine schöne Fremde, anziehend und sonderbar. Sie vermutet ein Komplott, wird in Verruf gebracht, fühlt sich verraten durch den einen und durch den anderen und verläßt beide, die sie nicht wirklich zu erkennen vermochten und unfähig waren, »sich die mindeste Aufklärung über diese schöne Person zu verschaffen, die so flüchtig wie die Engel und so liebenswürdig erschienen war«.

Goethes Liebesgeschichten – ein unerschöpfliches Thema, biographisch und literarisch: mit Käthchen Schönkopf in Leipzig, mit Lili Schönemann, im Jahr seines Abschieds aus Frankfurt, mit Lotte in Wetzlar und Lotte in Weimar, mit seiner Frau Christiane, mit Marianne von Willemer, der Frau des Frankfurter Bankiers, mit der jungen Ulrike von Levetzow in Marienbad und mit manchen anderen. – Und nicht nur in den hier abgedruckten, sondern auch in vielen anderen seiner Werke ist die Liebe Thema und Inspiration, in den »Leiden des jungen Werthers«, im »Faust«, in »Wilhelm Meisters Lehrjahren« und in der Fortsetzung, den »Wanderjahren«, mit der Geschichte vom »Nußbraunen Mädchen« oder mit der Entsagungsnovelle »Der Mann von funfzig Jahren«.

Auch Goethes Prosa selbst, ihre Sprache und ihr Stil, in den autobiographischen und mehr noch in den fiktionalen Werken, spiegelt sein Verhältnis zur Liebe: Mit ihrem manchmal fast zarten und schwebenden Ton, der sich auch einer bestimmten Abstraktion von der Wirklichkeit verdankt, sind die Erzählungen von einer Wehmut erfüllt, einer Heiterkeit auf ernstem Grund, so als sollte schon die Sprache selbst die Liebe, ihren Anfang und ihr Ende, bezeugen.

Hans-Joachim Simm

Textnachweise und Anmerkungen

Die Texte dieses Bandes folgen der Goethe-Ausgabe des Deutschen Klassiker Verlags. Die Orthographie wurde gegenüber der Vorlage weitergehend modernisiert.

>*In diesem Augenblick trat sie wirklich in die Türe*«.
Friederike in Sesenheim

Vorlage: *Dichtung und Wahrheit*; wie oben, S. 468-487 [= 2. Teil, 10. Buch], 491-517 [= 3. Teil, 11. Buch (Erstdruck des 3. Teils: 1814)]

Am 15. 10. 1770 besuchte Goethe das Ses(s)enheimer Pfarrhaus zum erstenmal. Der letzte Besuch fand am 6. 8. 1771 statt; an diesem Tag wurde Goethe in Straßburg zum Lizentiaten der Rechte promoviert. – Friederike Elisabeth Brion war drei Jahre jünger als Goethe. – Mit dem ›Landpriester von Wakefield‹ spielt Goethe auf Oliver Goldsmiths (1728-1774) Familienroman *The Vicar of Wakefield* (1766) an. – Mit dem Satz »Seitdem jenes leidenschaftliche Mädchen meine Lippen verwünscht und geheiligt« erinnert sich Goethe an eine Eifersuchtsepisode mit den Töchtern eines Tanzmeisters, Emilie und Lucinde: »›Ich weiß, daß ich Sie verloren habe; ich mache keine weitern Ansprüche auf Sie. Aber du sollst ihn auch nicht haben, Schwester!‹ Sie faßte mich mit diesen Worten ganz eigentlich beim Kopf, indem sie mir mit beiden Händen in die Locken fuhr, mein Gesicht an das ihre drückte und mich zu wiederholten Malen auf den Mund küßte. »Nun«, rief sie aus, »fürchte meine Verwünschung. Unglück über Unglück für immer und immer auf diejenige, die zum ersten Male nach mir diese Lippen küßt! Wage es nun wieder mit ihm anzubinden; ich weiß, der Himmel erhört mich diesmal. Und Sie, mein Herr, eilen Sie nun, eilen Sie, was Sie können!« (*Dichtung und Wahrheit*)

»... daß meine Neigung sich schon entschieden hatte«.
Die schöne Mailänderin

Vorlage: Johann Wolfgang Goethe, *Italienische Reise*, hg. v. Christoph Michel und Hans-Georg Dewitz [= J.W.G., Sämtliche Werke. Briefe, Tagebücher und Gespräche, Band 15 I/II], Frankfurt am Main: Deutscher Klassiker Verlag 1993, S. 445, 451-459, 489-490, 558-559, 593-595. [Der letzte Teil der *Italienischen Reise*: Zweiter römischer Aufenthalt erschien erst 1829 innerhalb der Ausgabe letzter Hand.]

Bei der ›Mailänderin‹ handelt es sich um Maddalena Riggi (1765-1825), die Goethe über die Malerin Angelica Kauffmann kennenlernte.

»Als ich mich in Neapel aufhielt«.
Die Sängerin Antonelli

Vorlage: Johann Wolfgang Goethe, *Unterhaltungen deutscher Ausgewanderten*, hg. v. Herbert Jaumann [= J.W.G., Sämtliche Werke. Briefe, Tagebücher und Gespräche, Band 9], Frankfurt am Main: Deutscher Klassiker Verlag 1992, S. 1.017-1028 [Die *Unterhaltungen deutscher Ausgewanderten* erschienen erstmals im 1. Jahrgang von Schillers Zeitschrift ›Die Horen‹, 1795].

Ende 1794 machte Prinz August von Gotha Goethe einen Brief zugänglich, ein Schreiben der berühmten französischen Schauspielerin Claire Joséphine Clairon de la Tude (1723-1803) an einen Jakob Heinrich Meister in Zürich, in dem sie ihm die Geschichte erzählt, die ihr selbst widerfahren ist. Goethe machte aus der Schauspielerin eine Sängerin, der er den Namen Antonelli gab, und verlegte den Schauplatz von Paris nach Neapel.

»... mir ward sonderbar zu Mute«.
Die neue Melusine

Vorlage: Johann Wolfgang Goethe, *Wilhelm Meisters Wanderjahre*, hg. v. Gerhard Neumann und Hans-Georg Dewitz [= J.W.G., Sämtliche Werke. Briefe, Tagebücher und Gespräche, Band 10], Frankfurt am Main: Deutscher Klassiker Verlag 1989, S. 174-198 [*Die neue Melusine* erschien erstmals im ›Taschenbuch für Damen‹ 1816 (Teil 1) und 1818 (Teil 2). Goethe nahm das Märchen in beide Fassungen seines Romans *Wilhelm Meisters Wanderjahre* (1821 und 1829) auf. Der Text dieses Bandes folgt dem Abdruck in der ersten Fassung des Romans.]

>>*Doch sie verraten müßt ihr nicht*<<.
Die pilgernde Törin

Vorlage: *Wilhelm Meisters Wanderjahre*; wie oben, S. 200-214

[*Die pilgernde Törin* ist die Übertragung einer französischen Erzählung ›La Folle en pélerinage‹, die 1786 in einer Pariser Anthologie erschienen und in Weimar durch den Abdruck in H. A. O. Reichards ›Cajiers de Lecture‹ (1789) bekannt geworden war. Goethes Übertragung erschien erstmals im ›Taschenbuch für Damen‹ 1808. Goethe nahm die Novelle in beide Fassungen seines Romans *Wilhelm Meisters Wanderjahre* (1821 und 1829) auf. Der Text dieses Bandes folgt dem Abdruck in der ersten Fassung des Romans.]

Die schönsten Liebesgeschichten der deutschen Literatur

Geschichten von der Liebe

Ein Lesebuch · Ausgewählt von Heike Ochs
it 2891. 208 Seiten

Johann Wolfgang Goethe · Liebesgeschichten

Ausgewählt von Hans-Joachim Simm
it 2892. 144 Seiten

Heinrich von Kleist · Liebesgeschichten

Mit einem Nachwort von Klaus Müller-Salget
it 2893. 176 Seiten

Rainer Maria Rilke · Liebesgeschichten

Ausgewählt von Vera Hauschild
it 2894. 112 Seiten

Marie Luise Kaschnitz · Liebesgeschichten

Ausgewählt von Elisabeth Borchers
it 2895. 144 Seiten

Hermann Hesse · Liebesgeschichten

Ausgewählt von Volker Michels
it 2896. 192 Seiten

Robert Walser · Liebesgeschichten

Ausgewählt von Volker Michels
it 2897. 160 Seiten

Die schönsten Liebesgedichte
der deutschen Literatur

NF 18/1/5.02

NF 18/2/5.02

»Liebe«
Anthologien im insel taschenbuch

An mein Kind. Gedichte an Töchter und Söhne.
it 2227. 146 Seiten

Casanova-Geschichten. Ausgewählt von Eckhart Kleßmann.
it 2117. 361 Seiten

Giacomo Casanova. Die Lust des Lebens und der Liebe. Gedanken über die Lebenskunst. Ausgewählt von Eckart Kleßmann. it 2807. 220 Seiten

Für immer und ewig. Das Buch für Paare. Ausgewählt von Günter Stolzenberger. it 2819. 288 Seiten

Hermann Hesse. Wer lieben kann, ist glücklich. Über die Liebe. it 2855. 224 Seiten

Der Kuß. Von der schönsten Sache der Welt. Herausgegeben von Doris Maurer. it 2168. 190 Seiten

Liebeszauber. Die schönsten deutschen Liebesgedichte aus fünf Jahrhunderten. Ausgewählt von Günter Berg. Großdruck. it 2413. 168 Seiten

Matrosen sind der Liebe Schwingen. Homosexuelle Poesie von der Antike bis zur Gegenwart. Herausgegeben von Joachim Campe. it 1599. 188 Seiten

Ovid. Liebeskunst. Mit Abbildungen nach etruskischen Wandmalereien. it 164. 113 Seiten